JN271267

増補新版

私のなかの「ユダヤ人」

ルティ・ジョスコヴィッツ

現代企画室

私のなかの「ユダヤ人」　目次

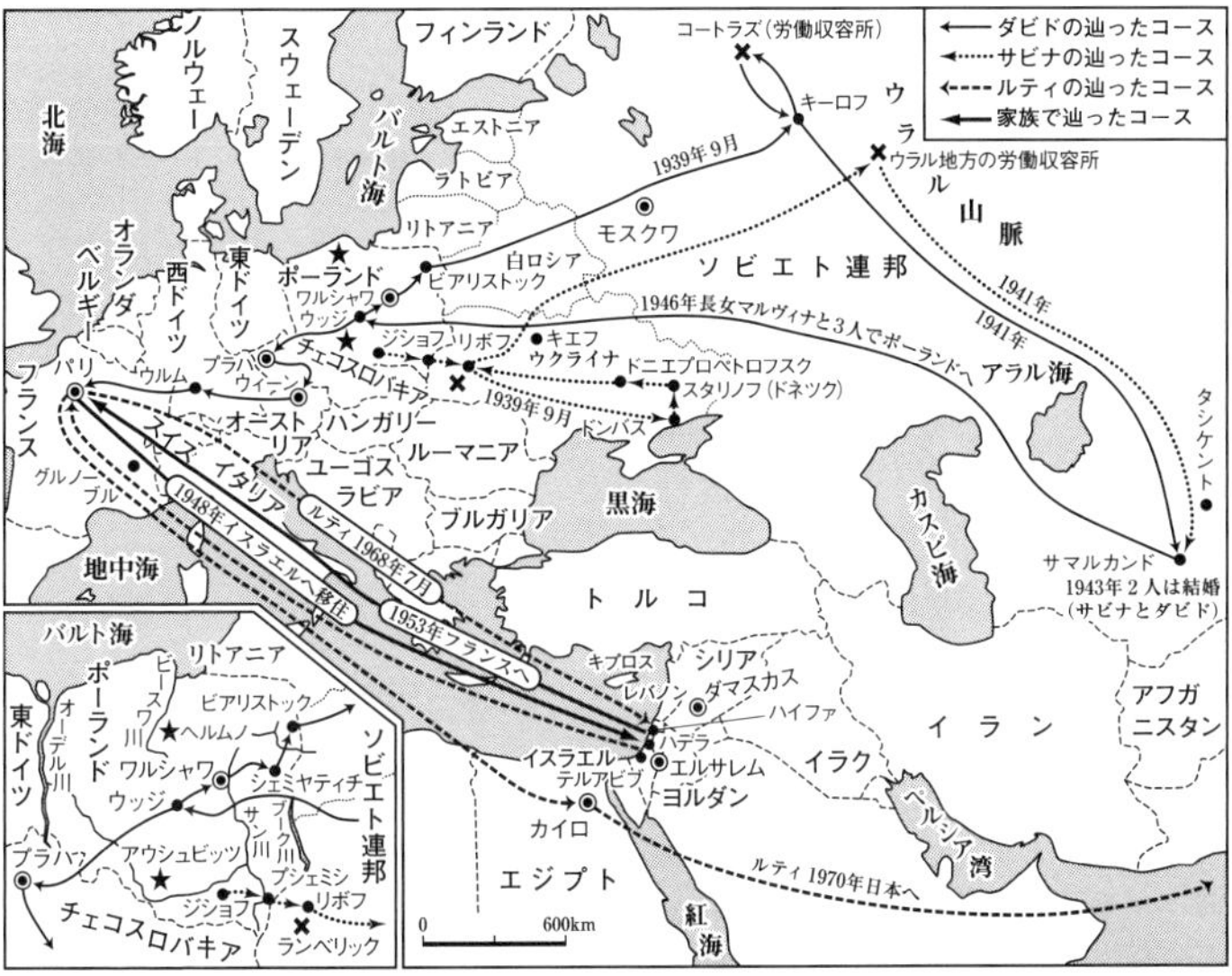

私の家族がたどった道

———私の父ダビドは、1917 年 , ポーランドのウッジに、母サビナは、1920 年ジショフに生まれた。1939 年 9 月第二次世界大戦が始まり、ユダヤ人であるふたりは、ナチスの迫害から逃れてそれぞれソ連領に逃げた。そのふたりが 1943 年サマルカンドで出会い結婚した。翌年、 長女マルヴィナ誕生。1948 年イスラエル「建国」に伴ない、 一家はイスラエルに移住。翌年、私は三つ子のひとりとして生まれた。

1953 年両親と一緒にフランスへ移住した。1968 年、 私はイスラエルへ旅し、パレスチナ問題を知り、同時に私のなかの「ユダヤ人」 の意味を考えざるをえなくなった。そうした旅から、この本は生まれた。

（上の地図の国名は、地図中の年号のうち最新のものである 1970 年を基準にして付けられている。もっとも古い年号である 1939 年には存在しなかった国名があるのは、そのためである）

凡例

一、本書は、同じタイトルで、以前に二度出版されている。初版は一九八二年一二月に集英社から、再版は一九八九年九月に三一書房から、である。ふたつの刊本の大きな違いは、後者には「第六章　ポーランドの旅」が書き加えられたことである。今回の増補新版を出版するに当たっては、三一書房版を底本としつつ、最小限の訂正と書き加えが行なわれている。「時制」を改めることはしなかったので、第二版が出版された「一九八九年」が「現在」として記述されていることにご留意いただきたい。

二、巻末の「新版のためのあとがき」は、この増補新版のための書き下ろしである。

三、著者の姓JOSKOWICZは、従来の刊本では「ジョスコビッツ」と表記されていたが、著者が幼いころから慣れ親しんできた原音にできるだけ近づけるために今回は「ジョスコヴィッツ」と改めた。ただし、本文で、すでに公表されている日本の公文書を引用する場合には、そこでの表記のままとした。

四、カバーに用いた著者の写真は、著者の「ユダヤ人」意識に大きな転機をもたらすことになる、イスラエルのキブツで生活していた二〇歳のころのものである（撮影＝広河隆一）。

第一章

失われた身分証明書

1　国籍喪失

国籍に関する宣告書

慎んでご報告申し上げます。一九八〇年一〇月二七日付けの第八七条適用申請に基いて、広河氏妻ルット・ジョスコビッツ（一九四九年四月二一日、ハデラ《イスラエル》生まれ）は、フランス国籍を失いました。

一九八一年三月一七日　フランス共和国労働大臣

帰化申請の結果について

昭和五五年一〇月二四日付けで提出された帰化許可申請については、昭和五六年七月一七日、法務省において、左記理由により許可しないことと決定されました。

記

日本社会への同化の程度に疑問がもたれたためである。

ルット・ジョスコビッツ・広河殿

昭和五六年七月二二日　東京法務局長　木村博典

一方の文書は、私のフランス国籍の離脱を宣し、他方の文書は、私の日本帰化申請を却下すると述べている。私は日本人になるために法務省の指導によりフランス国籍を離脱したが、その直後に帰化は認められないと宣告されたのである。私は日本で、無国籍者になってしまった。

奇妙なことに、私の手もとからフランス国籍を示す一切の書類が無くなってしまっているのに、日本政府は、私が無国籍者であると認めることに難色を示した。法務省の指導のもとに無国籍者が生まれたということを認めると、政府側が責任を取らねばならなくなるからだ。

「あなたにフランス国籍を抜けと言った覚えはありません」

と法務省民事局の役人は答えた。

フランス大使館の領事に問題がなかったわけではない。フランスには、他国の国籍取得証明が無い限り、国籍離脱ができないという法律（フランス国籍法第八七条）がある。しかし、

「国籍離脱証明書を寄こせという限り、帰化が確定したと考えるのは当たり前じゃないか」

とフランス領事は苛立って、法務省のやり方に抗議した。

だからといって私に国籍が戻るわけではない。多くの友人が私の「救済」にとりかかった。フランス政府に対しては、復籍要請を出し、日本政府に対しては、アムネスティの弁護士の助けで、帰化不許可の具体的な理由開示の請求を行なった。

通知書

ルット・ジョスコビッツ・広河氏は、東京法務局長より昭和五六年七月二二日付け文書をもって帰化不許可通知を受けていますが、同文書によれば、不許可の理由は『日本社会への同化の程度に疑問がもたれたため』とされ、それ以上の具体的理由は明らかにされておりません。

しかし彼女が日本人の夫とともに一一年間以上わが国に定住し、その間に日本国籍をもつ二人の子どもをもうけ、何ら日本人と変らぬ家庭生活を維持している事情にてらし、右不許可理由は全く説得的ではありません。

よって、本書面到達後一〇日以内に広河夫人の帰化不許可の具体的理由を明らかにされるよう要請いたします。

また、帰化申請手続中に、広河夫人は東京法務局の指導に従ってフランス国籍を離脱し、この結果、彼女は現在無国籍状態にあります。この責任は誤った指導をした東京法務局にあると思われますが、この点についても然るべき釈明を求めます。

昭和五六年九月一日

弁護士　川勝勝則
弁護士　野本俊輔

法務大臣　奥野誠亮殿
東京法務局長　木村博典殿

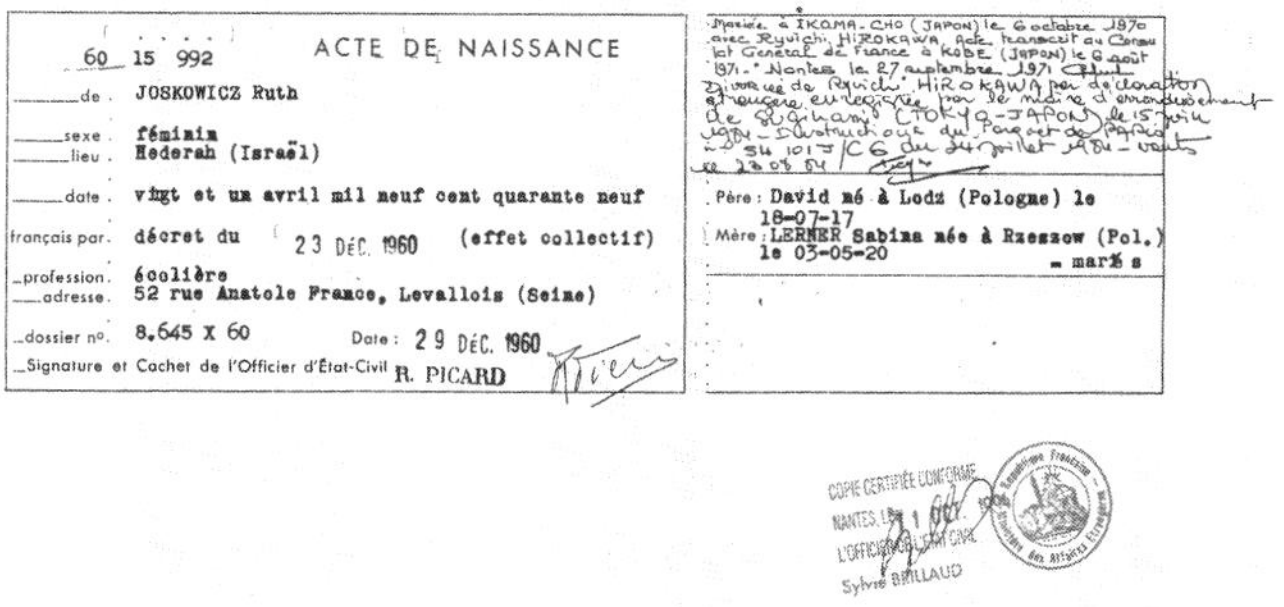

60 15 992　　ACTE DE NAISSANCE

de . JOSKOWICZ Ruth

sexe . féminin
lieu . Hederah (Israël)

date . vingt et un avril mil neuf cent quarante neuf

français par. décret du 23 DÉC. 1960 (effet collectif)

profession. écolière
adresse. 52 rue Anatole France, Levallois (Seine)

dossier nº. 8.645 X 60　　Date : 29 DÉC. 1960

Signature et Cachet de l'Officier d'État-Civil R. PICARD

Mariée à IKOMA-CHO (JAPON) le 6 octobre 1970 avec Ryuichi HIROKAWA. Acte transcrit au Consulat Général de France à KOBE (JAPON) le 6 août 1971. Nantes le 27 septembre 1971

Divorcée de Ryuichi HIROKAWA par déclaration étrangère enregistrée par le maire d'arrondissement de Suginami (TOKYO-JAPON) le 15 juin 1984 - Instruction du Parquet de PARIS nº 84 101 J/C 6 du 24 juillet 1984 - Nantes le 23 08 84

Père : David né à Lodz (Pologne) le 18-07-17
Mère : LERNER Sabina née à Rzeszow (Pol.) le 03-05-20
- mariés

COPIE CERTIFIÉE CONFORME
NANTES, LE 11 OCT.
L'OFFICIER DE L'ÉTAT CIVIL
Sylvie BRILLAUD

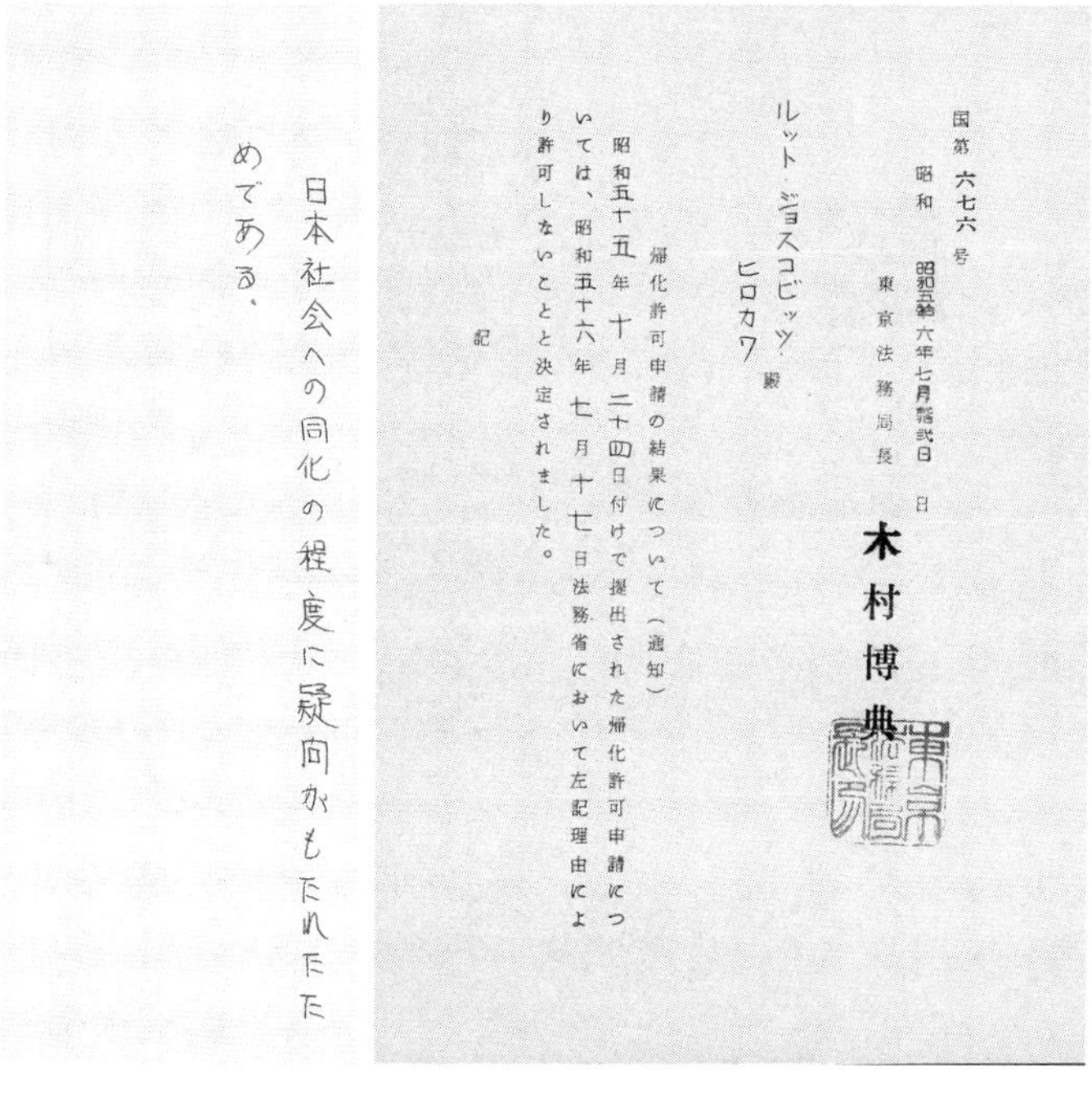

国第六七六号

昭和五拾六年七月拾弐日

東京法務局長　木村博典

ルット・ジョスコビッツ・ヒロカワ　殿

帰化許可申請の結果について（通知）

昭和五十五年十月二十四日付けで提出された帰化許可申請については、昭和五十六年七月十七日法務省において左記理由により許可しないことと決定されました。

記

日本社会への同化の程度に疑向がもたれたためである、

コピー（上）で認められていたフランス国籍を離脱し、コピー（下）では日本への帰化申請が却下されて、私は無国籍者となった。

なぜ私が日本人になれなかったのか、はっきりした理由を示して欲しいというわけである。日本が父系優先血統主義をとっているため、日本人の男と結婚し、日本に長期間住む外国人女性の場合、帰化は普通非常に簡単なはずなのだ。

九月一八日、法務省民事局から弁護士あてに、次の文書が届いた。

回答書

本月一日付け書面をもって法務大臣および東京法務局長あて通知のありましたルット・ジョスコビッツ・広河氏の、帰化に関する件につき、左記のとおり回答します。

記

一、帰化が許可とならなかった理由について

法務大臣が外国人に帰化を許可する条件は、国籍法第四条に定められているところですが、本件については、法務省（東京法務局を含む）が申請人に関して行なった調査結果を総合的に判断して、右帰化条件を充足しているものと認めることには疑問があるとしたものです。

なお、帰化による日本国籍取得の許否は、法務大臣の自由裁量処分であって、帰化しない旨の決定をする場合には、必ずしも理由を明らかにすべきことが要請されているものとは考えておりません。

本件については、既に告知している理由以外のことは、明らかにすることはできま

せん。

昭和五六年九月一八日

法務省民事局第五課長

ここで問題となっている国籍法第四条では、帰化の条件を次のように規定している。
一、（帰化を申請するときまで）ひきつづいて五年以上、日本に住所を持っていること。
二、二〇歳以上で、本国法で（普通の人間としての）能力を有すること。
三、素行が善良であること。
四、自分ひとりの力で、暮らしをたてられる資産、または技能があること。
五、現に国籍を持っていないか、または日本の国籍をとれば自動的に前の国籍を失うこと。
六、日本国憲法、またはその下に成立した政府を暴力で破壊することを企てたり、主張したことがないこと、またはそういう団体に加入したことがないこと。
以上の六つを備えてないと帰化を許されない。
これは「普通帰化」と呼ばれ、次の第五条は「特別帰化」といい、日本人女性を妻とする外国人や日本生まれの人に対してのもので、条件は第四条よりゆるやかである。さらに日本人男性と結婚した外国人女性に対しては、第六条の「簡易帰化」が適用される。私の場合はこれに当てはまり、帰化は非常に楽なはずだった。

一方、無国籍者とは法的に存在しない人間のことであるが、日本では、日本人でない者は「外国人」

と規定されているので、無国籍者は「外国人」に含まれるとされる。しかしあらゆる国の庇護が受けられないため、基本的人権すら根底から否定される可能性を絶えずもっている。パスポートがないから、どこにも行けず、免許もとれず、そして横浜にある収容所に隔離されることもあり、その人々は引き受け国が見つかるまで何年も収容所生活をしなくてはならない。

私の場合は特殊な例であるが、日本はその歴史の中で巨大な数の無国籍者を生み続けてきた。第二次世界大戦終結時、日本がサハリンに連行した四万三〇〇〇人の朝鮮人のうち四〇〇〇人余は無国籍者になった。同じく二〇〇万人近くの強制連行された朝鮮人は、一九五二年に国籍をはく奪されることになった。法務省の通達によれば「朝鮮と台湾は（サンフランシスコ）条約発効の日以後、日本領土から分離されるので、朝鮮人、台湾人は日本本土在住者も含め、すべて国籍を喪失する」とある。在日朝鮮人のほか、沖縄の無国籍児の問題も拡大している。米軍兵と日本人女性の間に生まれた子と、その子が成人して結婚してできる子どもで、無国籍者は、現在は一〇〇人ぐらいと見積られているが、ここ何年かのうちに数千人になるとみられている。それはアメリカ国籍をとっている子どもたちが、成人して日本人と結婚して子ができるときに同じ問題を抱えることになるためである。

これらの問題の多くは、日本が父系優先血統主義をとっているからである。しかしヨーロッパとても、父母平等の血統主義に変更したのは、そう古いことではない。フランスで一九七三年、ドイツで一九七四年である。そして日本も一九八四年に法改正されたとはいえ、それまでに生み出された悲劇は、余りに大きい。

世界人権宣言は「すべて人は国籍を有する権利がある。またその国籍を、ほしいままに、奪われたり、変更する権利を否認されることはない」（一五条）と決めている。

しかし、私の帰化申請は、理由を一切明らかにされないいまま、つまり対処の方法が無いまま、却下されてしまったわけである。私は一瞬、遠い祖先の時代から、私たちは際限なくこのようなことを経験してきたように感じた。

私はユダヤ人と呼ばれる社会に生まれ育った。正直なところ私は自分の身の周りで起こることを、すべてユダヤ人と結びつけるやり方には反対なのだが、このような国籍や民族にかかわる問題が起こったときには決まって、私をユダヤ社会に押し戻そうという動きを感じざるをえないのである。

フランス領事との次のやりとりも、その典型的なものだった。

私のパスポートや身分証明書やその他すべてを預けたとき、

「心配しないでいいですよ、奥さん。あなたの書類はすべて私が保管します。焼き捨てたりはしませんから」

と約束したことも忘れて、私の書類を全部破棄処分にしてしまったフランス領事は、そのことをおくびにも出さず、この件では一切の責任を取らされたくないというそぶりで、

「御主人と一緒に法務省に行って責任者に会い、この結果に不満だとおっしゃるべきです。そうしないと一〇年も二〇年も無国籍にされてしまいかねませんよ」

と言ったあと、

「それでも帰化を許されなかったとしても、イスラエル国籍をお選びになることはできましょう

がね、だってユダヤ人はすべてイスラエル人でもあるわけですから」

と言ったものだ。

同様のことは法務省の課長の口からも聞いた。しかしこの課長の方は、もう少し慎重な発言をした。

「フランス国籍を無くされたというお電話のあと、私はイスラエルの法律も調べてみました。あなたがイスラエル生まれであるということは、イスラエル国籍をまだ持っておられるということかもしれません。それでなくてもイスラエルの帰還法は、世界中のユダヤ人にイスラエル国籍を持つ権利を与えていますね。だからといって私がそうなさるようにお勧めするわけではないのですが……」

最初にフランス領事から言われたとき、もう馬鹿らしくて何も言えなかった。彼の言うことは事実だ。イスラエルは世界中のユダヤ人がイスラエルに移住することを望んでいる。しかしイスラエル国内にも、このような考えが必ずしも正しいわけではないと考える人々が多くいる。それに領事にもご承知願いたいのだが、ユダヤ人といえども、自分が希望する人間になる権利があるのであって、他人の望むとおりにはいかないのだ。

イスラエルは、その他の国々に生きる多くのユダヤ人にとっては外国である。しかもユダヤ人しか受け入れようとしない国だ。イスラエルではユダヤ教による結婚しか認められず、しかもユダヤ人同士でしか結婚する権利がない。日本人の夫を持ち、割礼（陰茎包皮を切除する宗教儀式）を受けていない息子を持つ私が、イスラエルの国籍を取ったからといって、一体何ができるだろうか。おまけに私の娘も息子も、成長すればその国に昔から住んでいたパレスチナ人と闘うために徴兵され、私はというと、そのパレスチナ人の昔住んでいた家の中に座って、子どもたちの無事を祈れとでもいうのだろうか。

2 日本への同化

私はユダヤ系ポーランド人だった両親が、ナチスの手を逃れてイスラエルに移民したときに誕生し、四歳のときに家族とともにフランスに移り、一一歳のときフランス国籍を取得し、一九歳のときにイスラエルを訪れて、二年後日本に来た。日本ではもう一九年余りになり、私のフランス生活は一四年だから、あと二年も経つと、日本は私の半生で一番長く在住する地となる。私は日本人と結婚し、日本語しか話せない二人の子どもがいる。

私は日本に来るまでの長い間、自分がユダヤ人であるということに束縛されながら生きてきた。私の家族も、私を取り巻く世界も、ユダヤ人として私を見、立派なユダヤ人になることを望んでいた。そのため私はユダヤ人であることから解放されて生きたい、といつも考えていた。そしてとうとう私は、ユダヤ人の全くといっていいほどいない国、そのためユダヤ人問題に煩わされない国、日本に来たのである。

ヨーロッパでは考えられない、日本独特な状況もあった。この国にとって大切なのは「外人」か「日本人」かであって、「外人」の中で誰がユダヤ人かと選別することなど問題にならなかったのだ。ここではユダヤ系アメリカ人はアメリカ人、ユダヤ系フランス人はフランス人なのであり、それ以上詮索する者はいなかった。それよりここでは、白人か黒人か、日本以外のアジア人かという人種的な区別が普通であった。

しかし一方では日本の社会は、外国人の同化にそう寛大ではなかったし、私のフランス語もヘブライ語もイーディッシュ語（ドイツから東欧にかけて住んでいたユダヤ人の言語）も一切役に立たなかった。おそらく私は、世界でも最も同化するのが困難な国に来てしまったのだ。私は何度も絶望して、異郷に放り出された孤独を経験したものだ。それでも私は、ユダヤ教にも、イーディッシュ語にも、ユダヤ文化にも無縁な毎日を送り、その中で日本語と日本文化の比重が増えていった。世界史の中で、ユダヤ人が何千回と試みた同化が、私の中でも激しいスピードで進行した。

私が日本に来たときのことで、今でも覚えている光景がある。それは蒸し暑い梅雨の六月だった。私は東京駅のプラットホームで、鞄に腰を下ろしていた。私の眼の前には、今まで見たことのない大群集が、四方八方に右往左往しながら、瓜二つの顔をして、頭一つ上げずにすれ違い、間違いもせず思い思いの方向に向かっていた。みんな同じ服装で、同じ身体つきで、同じ髪の色。まるでここにいる何千人もが、同一家族出身のようだ。見ているうちに耐えられないほど疲労がのしかかってきて、もう何も考えられなくなっていった。何て遠い、異質の世界に来たものだろう。

その半年後のお正月に、同じような経験をした。当時私は代々木に住んでいたので、明治神宮に出かけたのだが、なんという人出だろう。女の人の髪は高々と束ね上げられていて、昔フランスでも高く結い上げるのが流行したとき、エッフェル塔に喩えたのを想い出した。しかもその髪にはいっぱい鈴がぶら下がっていて、エッフェル塔というよりも、まるでクリスマスツリーだ。

何よりもぞっとしたのは、明治神宮の森の中の四ツ辻ごとに設けられた交通信号だった。車は入れないのだから、この信号は人間の流れをさばくためのものだった。赤信号になるとみんなが立ち停る。全く一糸乱れぬ驚くべき従順さでもって、大群集は周りに足並みを揃える。怪我人一人なく、事故一つなく、祭壇の前に進んで、硬貨を投げるのだ。

しかしそれから一〇年経ち、私はどんな群集でも、一人一人異なった顔をしているのを見分けられるようになった。私は人混みは嫌いだが、それはそこにいる人々とて同じことである。私は日本の着物の一つ一つの色や模様を美しいと思うようになったし、髪をクリスマスツリーのように飾るのも悪くはないと思っている。私は日本の風土に慣れ親しんだのだ。

私は毎日のように、日本の銭湯へ出かけた。風呂敷の中に、洗面器、石鹸、「ヘチマ」という日本の洗身用スポンジ、タオルなどを入れ、銭湯で一回分のシャンプーを一〇円で買う。お湯は四〇度以上あった。私はいつも冷水の蛇口を一杯に開いて、その傍に入る。そうしないと入れたものではない。ところが日本の母親ときたら、無造作に赤ン坊をお湯につけ、赤ン坊も泣きもしないのは、羨ましい限りだった。

驚いたのは、番台に男がいたことだ。最初は彼の視線が注がれるのを覚えて、少々気詰まりだったが、日本の銭湯が大好きだったから、男に裸を見られるからといって、行くのを止めようとは思わなかった。

私に日本の生活を教えたくれたのは、私の結婚相手の母親だった。私が最初に覚えた日本語は「おかあさん」だったし、彼女は私に、「日本のマットレスも掛けぶとんも三つにたたんで、全部を押入れに入れれば、寝室が居間になるのです」と手まねで教えてくれた。彼女は当時の人気番組だった「おはなはん」の影響を受けて、外人の嫁の面倒を喜んで見てくれたのだった。

そして私は、自分が妊娠していると知ったとき、以前よりも強くなったと感じた。今思えばうまく説明できないのだが、自分の片足が、日本の土の上にしっかりと下ろされ、一つの峠を越えたと感じたのである。一九七二年二月九日、長女の民《タミイ》(ヘブライ語ではタマールでナツメヤシのこと)が誕生し、翌年九月には長男の玲《レイ》が生まれた。

単に結婚したというだけでなく、子どもを出産したことは、日本の家族と社会との強固なつながりをもたらした。義母ももちろんだが、特に義父は、二人の孫を大喜びで迎えた。残念なことに彼は、タミィが二歳になる前、レイはやっと三ヵ月になったときに他界してしまったのだが。

それから一〇年以上たち、現在私はフランス語会話の教師をしているが、授業以外では日本語しか話さないようになった。食事にはいつも箸を使い、タタミの上に布団を敷いて寝る。冬は大抵コタツに入っているし、夏には下駄を愛用している。私の友人はほとんどすべて日本人だし、私も日本人一般と同じように、夏の湿気に悩まされ、秋のモミジを美しいと思い、乾燥して寒いが陽光には恵まれた冬を素晴らしいと思っている。春の桜の季節は、いつもうっとりしている。

およそ「権威」なるものに対する日本人の卑屈さは、どうも評価できないが、日本人の持つ素朴さと善良さとは、私にとって新しい発見で、それらを私は愛した。日本はあらゆる意味で、私の肌になじみ、空気のように自然になった。

日本に同化するとは、このようなことではないのだろうか。同化するにつれ、私には日本の中のさまざまな「ユダヤ人問題」が見えてきた。それらは被差別部落問題、在日朝鮮人問題、アイヌ問題であり、一人の女としてはこの国の高度に完成された父権社会、母親としては、この国の息詰まるような教育の問題である。それらが一切見えなくなるぐらいにならないと、同化したとは言えないというのだろうか。

いつも私の相談役をして下さっている一人の教授は、

「これだけ帰化の条件を満たしていても駄目だというなら、今度法務省の役人に『忍の一字でがんばっています』とでも言うんですな。これほど日本人のことをうまく表わした言葉はありませんから」

と言った。

ところが私は、これでもずい分がんばって耐えているつもりなのだ。私は日本の法律をちゃんと守り、税金もとどこおりなく納めている。それなのにこれ以上私の生活に「親方日の丸」と「忍の一字」がつけ加わった生活は、私にはちょっと想像を絶する世界なのだ。

3　アイデンティティ獲得へ

一方で、私の心の底流に「同化」への不信感が存在し続けたことも事実である。「同化」という言葉には、何かしら欺瞞の臭いが漂っていた。本質的なところで、もとの状態が含んでいる矛盾からの逃避という後ろめたさがあった。それは決して、私に日本に融けこむのを止めろとか、ユダヤ人の運命共同体の一員として復帰せよとかいうことではない。私は心のどこかでユダヤ人問題にこだわり続けており、そしていまだに世界からユダヤ人問題が無くなったわけではなく、かといってイスラエルも、同化も、この問題の解決ではないと思い続けていたのである。

私をユダヤ人問題に引き戻す、深い要請もあった。私の親族の多くは、アウシュヴィッツで焼却された。そして、ポーランド生まれの歴史家、アイザック・ドイッチャーの言葉を借りれば、「どんな風が吹こうともその煙をわれわれの視界から追いはらうことはできない」のだ。このことは迫害の起こるあらゆる場所で、その反ユダヤ主義者に対して「私はユダヤ人だ」と言い続けることが要求されていた。さらにもう一度ドイッチャーの言葉を借りれば、次のようになる。

「しかし、虐待され、殺害された人々と無条件的に結びついているという点では、私はユダヤ人である。私はユダヤ人の悲劇は私の悲劇であると感じている。その点で私はユダヤ人である」(『非ユダヤ的ユダヤ人』鈴木一郎訳、岩波新書、一九七〇年)

ナチスの虐殺の恐しさは、子どもの頃から断片的に親から聞いただけなのだが、今でも記憶の中にしっかりと刻みつけられている。アウシュヴィッツで二〇〇万人、トレブリンカで八〇万人……という気の遠くなるような死者の数字は、私だけでなく、現在生きているすべてのユダヤ人の心の中に、ユダヤ・コンプレックスとでも言えるものを育てた。私は自分がそのような目にあったわけでもなければ、目撃したわけでもないのに、今でもナチスに追われたり、殺されたりする夢を見るのだ。同じようなことを、私はヨーロッパのユダヤ人の友人からも聞いた。これは、私たちの親の世代の多くが、生き残った以上、何が起こったのかを次の世代に語り伝えなければならないという決意とともに、焼け落ちたゲットーや強制収容所の灰の中から這い出してきた人々だったからである。

そうでなくても、日本の中でぶつかる問題は、ほとんどが人間と国家、国境、民族の問題であり、これらを通して再び私は、ユダヤ問題を考えるようになった。

また私の子どもたちの上にも、解決しなければならない問題が起こっていた。二人が学校で「合いの子」と言われたり、髪の毛が少しばかり違うからといって引っぱられたりするぐらいは、どの外国人の子も経験していることだろう。しかし「母親がユダヤ人であれば、子どもはユダヤ人である」という法律を持つイスラエルは、当然のこととして私の子どもをユダヤ人であると規定している。

そしてそれだけでなく、イスラエルの「帰還法」によって、この子どもたちにはイスラエル市民権が用意され、同時に徴兵義務まで待っているということを知りながら、私が「ユダヤ人とは何か」という問題を避けて通ることなどできはしなかった。

私がフランス国籍を無くしたとき、私の子どもたちは学校で「お母さんはナニジン」と聞かれ、困って「今はナニジンでもない」と答えたら「それじゃ人間ではないんだ」とはやしたてられ、泣きながら戻ってきたことがある。だからといって子どもたちを安心させるため「私はユダヤ人なのよ」と言い「人間復帰」しようなどとは断じて思わなかった。

スピノザが何百年も前に「一民族だけに妥当する神」の矛盾を告発して、ユダヤ人社会から追放されたように、私もユダヤ教と国家主義の結合の中で誕生したイスラエルという国の排他性をいやというほど経験し、そしてまた「異教徒」との結婚によって、私自身もユダヤ社会の境界を越えた異端者となったのだから。

一方では「ユダヤ人ならイスラエルへ行けばいいじゃないか」と言ったり圧力をかけている世界があった。これは単に反ユダヤ主義のスローガンではなくて、パレスチナにユダヤ人国家を建設しようというシオニズムの合言葉でもあった。それで私はいよいよ、そう簡単に「私はユダヤ人です」と言うことを警戒し、このことの中身を一日も早く吟味しなくてはならないと焦っていた。

いつのまにか私は、イスラエルが占領政策を続けたり、パレスチナ人キャンプの上に爆弾を落としたりすることに、責任を感じるようになっていたこともある。これはもちろん私がユダヤ人であるからだけではない。誰であれ、沈黙がファシズムの土壌を形成したことは、歴史が証明しているのだから。ただ私の場合、ナチスに迫害を受けたことを理由に、他の人々を迫害してもよい、あるいは仕方がないと考える人々に対しては、「自分もユダヤ人だ」と名乗った上で、その迫害を告発しなければならない気がしたのだ。だから私の心の中では「自分はユダヤ人だ」と簡単には言うまいという気持と、言うべきだという気持がせめぎ合っていた。

私は何者なのだろう。ナチスの虐殺という歴史的体験と私は、一体どのような関係で把えねばならないのだろう。イスラエルと私は、どのような関係にあるのだろう。一人の人間として、そして一人の女として、自立を獲得する欲求と、私のユダヤ帰属性の検証は、どのようにかかわるのだろう。私は自分のアイデンティティを確立したいと願った。私は果てしない旅に出立する前夜の不安に襲われながら、作業に取りかかった。

その間に私の国籍問題が起こり、私のアイデンティティは、実質的なところで足元から崩壊の危機にさらされた。私は作業を急がねばならなかった。

帰化申請却下の決定があり、友人たち、ユダヤ問題・中東問題関係の大学教授たち、帰化問題に取り組んでいる議員たちの働きかけで、再審査が行なわれることになった。この再審査の期間、私には尾行がついた。法にふれることを一切していないのにという思いとともに、私は無意識のうちで、この尾行者にナチスのゲシュタポを重ねてイメージして、一人恐怖していた。これも私のコンプレックスの帰結であり、法務省の係官の責任ではない。しかし意識して、これは調査なのだからと自分に言い聞かせても駄目だった。ナチスにせよ、日本の公安警察にせよ、スパイにせよ、見え隠れについてきて、喫茶店に入れば誰と会うかと見張り、何を話しているかと耳をすませる人間は、恐ろしいものだ。追跡され監視されてきたゲットーのユダヤ人の気持を共有しえたと思えたぐらいだった。

人影はプラットホームの階段の上から腰を折って私を監視し、私の視線に気付くとあわてて姿を隠し、電車が到着すると走ってきて乗り込む。アパートの向かい側、駅の周辺には必ず人影を感じた。あるときは電車に駆け込んだ人が、停車のたびに私に視線を送り、私が降りるか降りないか気にしている。そして私が気付いたと思ったのだろう。次の駅で彼は下車する。そしてホームを走って隣の車輌に乗り込み、再び私を監視する。

「ママ、家の近くにいた人が、こんなところにいるよ」と子どもが教えてくれるときもある。子どもにとっては、母親が追われるということは理解に苦しむことだった。自尊心を傷つけられることだったのだ。

こうして私は、一切の国籍を失ったあと、日常的な張り込みの中、カーテンを下ろした部屋にこもっておびえながら、私のアイデンティティ、私のなかのユダヤ人を探り求める作業を続けたのである。

4　手紙

アイデンティティ探求の作業を開始してみれば、それまで見逃してきた何でもないことまで気にかかりだした。たとえば夢の中では何語を使っているのだろうかというようなことだ。

しかしこれはちょっと注意したら、当たり前の答がでてきた。夢の中では、相手と同じ言葉を話すものなのだ。

父や母が夢の中に登場すると、私はイーディッシュ語を使っていた。兄や姉の場合はフランス語、イスラエルに住む親戚とはヘブライ語、子どもたちや義母とは日本語という具合だ。ただ私の結婚相手と話す場合だけは、少し事情が違った。日本語とヘブライ語のミックスなのだ。

後に私は、サミュエル・ピザールの著書『希望の血』(Le sang de l'espoir, SAMUEL PISAR, Librairie Général Française, 1981.)に出会った。そこでは次のように書かれている。

「『あなたの母国語は何語ですか』

『母国語なんてありません』

『くつろいでいるときに、本能的に口をついて出る言葉は何語なんでしょうか……』

『それがまぜこぜ《カクテル》なんです。私は英語で物を考え、フランス語で愛し、イーディッシュ語で嘆き、ドイツ語で誓い、ロシア語で歌い、ポーランド語で泣き、ヘブライ語で祈るのです』」(前田総助訳)

このようなありさまだから、「ユダヤ人とは何か」というのは大問題で、イスラエル国内でさえ、ユダヤ人の定義をめぐって、裁判所と政府とユダヤ教が三つどもえにぶつかり、国会乱入デモが起こったぐらいなのだ。

一九七九年五月一日、私は次の手紙を、知る限りの世界中のユダヤ人に送った。それは各地のホロコースト研究所、平和主義者、ジャーナリスト、昔の友人たちである。イスラエルのキブツ(集団農場)にも送った。

「拝啓　私はユダヤ系ポーランド人の両親のもとに生まれた者です。両親はナチスによってソ連に追われ、シベリアで働き、サマルカンド、パリを経由して、一九四九年にイスラエルに渡り、そこで私は生まれました。その後私たちはフランスに移住し、私は一九歳のときにイスラエルに行き、そこで知り合った日本人と日本に来ました。その後彼と結婚し、子どもが二人います。

私は今、自分にとって『ユダヤ人とは何か』という大きな問題にぶつかっています。これは私の子どもたちにも深刻な問題になってきています。この問題に自分なりの解答を出すために、私は二つの方法を考えました。一つは、両親の歩んだ歴史を調べることです。そのため私は、両親に多くの質問をしましたが、混乱の中のことで余りよく覚えていないようなのです。そこでこの手紙をお読みになった方は、是非とも御協力をお願いしたいのです。

もし当時のことを知っている方がおられましたら、どうか教えて下さい。ポーランドにいた人で助かった人は、なぜ助かったのか。死んだ人（私の両親の兄弟もそうです）はなぜ逃げなかったのか。ソ連に逃げた人は、なぜ強制的に労働収容所に入れられたのか。その人々が解放されたとき、なぜカスピ海の方に向かったのか、知っている人がいらっしゃれば、どうかお手紙を下さい。またポーランドのウッジ（父の出生地）やジショフ（母の出生地）に住んでおられた方は、当時のユダヤ人の生活を教えて下さい。

またもう一つの方法として質問を加えることを許して下さい。私は『あなたは何ですか』と問われたときに『私はユダヤ人です』と答えることができないのです。もっと適切な表現が必要なように思えるのです。しかし自分のアイデンティティを探し求めるときには、どうしてもこの『ユダヤ人とは何か』という問いを避けることができないように思えるのです。どうか『あなたにとってユダヤ人とは何か』という問いに対しての考えをお聞かせ下さい」

この手紙を、まだ会ったことのない人を含めて数十通送ったあと、私は両親とも頻繁な文通を開始した。私はポーランド時代からイスラエルで私が誕生するまでの詳しい話を知りたい、という手紙を書き送った。しかしこれは随分と根気のいる作業だった。

まず両親は、人に何をどう伝えるかという訓練ができていなかった。そしてそれを聞いてまとめる私の方も、このような作業は初めての経験だった。

しかしそういうことよりも決定的に困難だったのは、両親にとってポーランドは、親族の虐殺された地であり、彼らは戦後の三十数年間の毎日を、ポーランドでの記憶を消し去る努力とともに送ってきたからである。すべては意識的に、記憶の彼方に追いやられていた。私の両親は、何が起こったかを後世に伝える仕事は他の適切な人にまかせて、涙を流しながら亡き人々の名をつぶやいている、という種類の人たちだったのである。

私は東京とパリの距離を、とてつもなくもどかしく感じた。なぜ私はこのような作業をフランスで開始しなかったのだろう。そうすれば両親の横に座って、励ましながら根掘り葉掘り聞くことができたのに。

両親からの最初の手紙は、母の字でイーディッシュ語で書かれていた。母は本当はポーランド語が得意なのだが、私はこの言葉を理解できない。そして母のフランス語ときたら読めたものではないのだ。父もイーディッシュ語が得意で、フランス語は母より少し上手なぐらいだ。私はイーディッシュ語はしゃべれるけれども、読み書きは余りできない。そのため私たちの交信は、最初の簡単な頃はイーディッシュ語で、そして話が複雑になるにつれて、身近にいた私の姉が、母の言葉をフランス語に代筆した。

最初の返事はごく短いもので、

「ソ連に逃げたら捕まって、釈放されたあとサマルカンドに行き、そのあとパリに行った」

というものだった。これくらいのことは、子どもの頃から聞かされて知っている。両親は私の質問に答えるよりも、この頃めっきり身体が弱くなったとか、私がいつ両親のもとを訪れるのか、なぜ私が両親の脱出行のことなど急に知りたがるようになったのかとか、書いて寄こした。

一方「ユダヤ人とは何か」という質問に答えることは、両親に求めても絶望的に見えた。なぜなら彼らにとって、ユダヤ人とは神が選んだ自明の存在であるからである。実際私の姉のマルヴィナは、聖書の歴史をとうとうと述べたあと、

「あなたもちょっと聖書に書かれてあるユダヤ史を勉強したらいいのよ。悪いことは言わないから。そうしたらちょっとはあなたの左翼的な考えも変わるでしょうから」

と書いて寄こした。ユダヤ民族に背を向けている私は、彼女からコミュニストとして片付けられていた。その私がユダヤ人のことに興味を持つなんてと、両親も姉も判断に苦しんだ。

「牛飼いのトヴィエの末娘（『屋根の上のバイオリン弾き』の主人公の娘。非ユダヤ系ロシア人と結婚し、家族と別れる）のように、たった一人、うちのみんなから離れてよそに行っちゃったあんたという人の考えていることが、私にはどうしても分からないんだから。私がちょっとやそっと言ったところであんたの考えは変わらないでしょう。でもどうしてあんたが変わっちゃったかと思うと、やっぱり心が痛むわ。多分あんたは、とても感じやすい性質だということでしょうよ。だからいとも簡単に、世迷い言の影響を受けるのよ。わが家族の一員がこんな馬鹿だと思うと、不安でたまらないわ」

こんなことで私はめげはしなかった。通じたことも通じなかったこともとり混ぜて、何十通もの手紙を両親に送り続けた。父と母はサマルカンドで出会ったと言った。私はどのようにして二人がサマルカンドに行ったのかと質問した。母は「川を渡って行ったのだ」と書いてきた。私はどの川かと質問した。

「前略　あなた方あてにこの間出した手紙に、どうして返事を下さいませんでしたか。

パパとママが出会ったとき、サマルカンドはどういう状況だったのでしょう。そこにはどれくらいの数のユダヤ人がいたのでしょう。なぜサマルカンドに行ったのですか。ママの弟さんはなぜ行かなかったのですか。ママが一緒に逃げた人というのは、サミュエルおじさんのことですか、それともイザックおじさんですか。

なぜあなた方だけが逃げて、他の兄弟姉妹は逃げなかったのでしょう。なぜユダヤ人はシベリアに送られたのですか。そこには何があったのですか。

戦争のあとポーランドには行ってみましたか。そこはどんな有様でしたか。生き残りのユダヤ人に会いましたか……」

このような手紙のやりとりが、東京とパリの間で一年以上も続いた。同じ質問を何度も繰り返さねばならなかった。両親は少しずつこの作業に関心を示し始めた。私はポーランドの町の地図を捜してきて、それを送った。すぐに返事がきた。

「いとしいルティ、お手紙頂きました。ママは今、昔住んでいた町や通りはどの辺りだったかと地図に見入っています。

それはそれとして、あなたはひっきりなしに質問してくるけれど、勝手にいろいろ想像しないでちょうだいね。パパとママが結婚したとき、戦争中だからユダヤ教の伝統に従うことなどできなかったでしょうとあなたは書いてきたけれど、とんでもないことだわ。

パパとママは、ちゃんとラビ（ユダヤ教の聖職者）を見つけてきて、その立会いのもとにモーゼとイスラエルの教えに従って結婚したのよ。

ママと一緒だった弟というのは、サミュエルです。ポーランドに踏みとどまった兄弟姉妹は、立ち去ることを望まなかったのです。目前の事態を信じようとはせず、自分たちに累は及ばないと考えたのです。そして逃げようとしたときは、もう遅かったのです。

あなたはホロコーストのテレビ映画を見たことある？　強制収容所にいたことのあるヨナおばさんが言うには、あんなものじゃなかったそうよ。忍苦の体験を他人に伝えるのは、難しいことよね。今でも彼女は、どうして生きのびることができたのか、分からないと言っているのよ。そしてそれはパパとママにとっても、いや、すべてのユダヤ人にとっても、事情は同じなのよ。

人々がどうしてシベリアに送られたということだけれど、現在でもソ連では人々が些細なことでシベリア送りになっているでしょう。それと同じこと。あなたみたいに賢い子が、一体何を考えているのかしら……」

私はソ連の詳しい地図を買って送った。二人はそれに逃亡経路を書き込んで、送り返してくれた。両親はまた、イーディッシュ語の歌や、ポーランド脱出のエピソードを、テープに吹き込んで送ってくれた。

当時のポーランドについては、私の手紙に答えてくれた人々や、ホロコースト研究所から送られた資料や書籍が、多くの知識を与えてくれた。

しかし正直いって、この仕事は私にとって荷が重すぎた。ワルシャワ・ゲットーやアウシュヴィッツなど、いろいろな記録や証言を調べることは、つらいことだった。私は精神的に疲れ切ってしまった。書かれている内容は苦しすぎた。そしてこのような時間を積み重ねて、私はようやく両親の歴史を掴むことができたのである。

第二章

両親の旅

1　父の脱出

私の父ダビドの生まれ育ったウッジは、首都ワルシャワから一〇〇キロほど南西にある工業都市である。この町が誕生したのは、中世の一四二三年だと記録されている。『Encyclopedia Judaica（ユダヤ百科事典）』によると一七九三年のウッジの人口は、たったの一九〇人で、そのうちユダヤ人は一一人を数えるだけだった。

一八〇九年、ユダヤ人口は九八人に増え、この頃小さなシナゴーグ（ユダヤ教会堂）が建てられたという。一八二〇年にウッジはプロシアからロシア支配のもとに移り、ようやくこの頃、産業革命の波がこの地方に押し寄せはじめ、ウッジは重要な工業中心地として発展していった。これに伴って、ウッジに安価な労働力を提供すべく、大勢のユダヤ人が流入した。この現象は当時の東ヨーロッパ全域で見られ、ユダヤ人の爆発的な都市集中が一八八〇年頃まで続いた。

私の父方の祖先は、この頃ポーランドの村からウッジに移り住んだものと思われる。しかし大多数のウッジのユダヤ人が労働者か職人であったのに対して、私の父の曾祖父は肉屋で、ジョスコヴィッツ家は、その後代々肉屋を営んでいた。

ウッジのユダヤ人口は急速に増え、ポーランドでは、ワルシャワに次いで第二のユダヤ社会を形成するようになった。しかし世界中のあらゆるところで見られたユダヤ人差別は、ウッジでも例外なく始まった。しかしそれは、一般に信じられているような、宗教的対立に起因するものではない。

差別は、ポーランドの資本主義の生成期の矛盾として引き起こされ、そしてそれを覆い隠すために、宗教が利用されたのである。

それは、ウッジの繊維工業都市としての発展の初期に、ドイツ人労働者とユダヤ人労働者との間での、摩擦の形で始まった。支配していたロシアは、この都市の発展のために、ドイツ人労働者を定住させようとしていた。ところが、ドイツ人労働者は、急速に増えるユダヤ人労働者との競争に生き残るため、ロシア側に条件をつけた。それはユダヤ人労働者の大量流入を避けるため、居住制限をすることであった。そのため、ウッジでユダヤ人は、不動産を持つことを禁じられた。

こうしてウッジのユダヤ人は、一八二七年七月以降、ポジェズナ通りとボルボースカ通りに囲まれた地域に、居住を限定されることになる。こうしてウッジの最初のゲットーが生まれたのである。ユダヤ人居住区の外に住むことを許された少数のユダヤ人もいたが、それは資産家や、工場経営者、卸売商人などに限られ、この人々は、イーディッシュ語以外の言葉を話さなければならなかったし、子どもはユダヤ人学校に行くことを禁じられた。

それでもゲットーの人口は増え続けた。ユダヤ人労働者とドイツ人労働者の対立は頻繁に起こり、脅威を感じたドイツ人は、当局に反ユダヤ政策を要求し続けた。ユダヤ人に対するテロも、散発的に起こった。

多分、ロシアとドイツの関係か、ウッジの産業構造かが変化したのだろう。一八四八年にロシア皇帝は、居住制限を撤廃した。その後ウッジのユダヤ人社会は急速に発展し、産業の中枢を占めるようになる。一九〇五年にこの町はポグロム（東欧の大規模な反ユダヤ・テロ）を経験するが、一九一四年には、繊維を中心とする一七五の工場（ウッジ全体の三分の一）の所有者がユダヤ人であり、二万七〇〇〇人のユダヤ人労働者が働いていた。当然ながらウッジは、労働組合の中心地となった。

一方でウッジのユダヤ人社会は、自治を守り続けていた。ウッジ・ユダヤ議会は、一九二四年に第一回選挙を行なっている。

社会福祉組織の活動も増していった。一九二六年、ウッジに職業学校や孤児院や文化施設が作られた。また子どものための病院も作られた。一方でシナゴーグも、病人救済協会や慈善団体を組織し、法的援助、医療援助を行ない、協同組合結成を助けた。両大戦の間には、児童に食糧を無料配給する食堂も作られていた。教育施設にも力が入れられ、幼稚園、中学、女子学校も設立されていた。文学・演劇などのイーディッシュ文化も発達していた。風刺劇場もあったという。

ナチスが、ウッジのドイツ人社会を通して、反ユダヤ主義の宣伝を開始するのは、およそ一九三〇年頃からである。注目すべきことなのだが、ポーランドではドイツに占領される以前から反ユダヤ主義、ファシズムの傾向が生まれていた。特に世界恐慌と失業者の増大は、ポーランド人の間にも、ユダヤ人の手から職を奪い返す運動として、差別と抑圧を進めることになった。一九三三年四月頃から、ユダヤ人殺害事件が増え始め、一九三四年五月と一九三五年九月には、ユダヤ人社会が組織的攻撃を受け、死傷者が出た。また一九三四年には、市議会選挙で、ユダヤ人の追放をかかげる党が、圧倒的多数を獲得し、危機的状況を迎えるかに見えた。

しかしこの党の命は短かった。一九三六年の市議選では、ポーランド・ユダヤ社会主義政党が、多数を占めたからである。しかし市当局がユダヤ人差別撤廃に懸命の努力をしたにもかかわらず、忍びよるナチスの影は、ポーランド当局を通じてこの都市を覆っていった。一九三八年には、ユダヤ人大商人が逮捕、財産没収され、工場には当局の監督官が入り、ユダヤ人商店の外には、守衛が立ち、非ユダヤ人の客が店に入れないようにチェックした。

私の父は一九一七年七月一六日、ウッジ市ルトミエルスカ通り一四番地の肉屋の家に生まれた。ヒトラーがドイツ労働者党に入党する二年前である。

そして一九三九年九月一日、父が二二歳のとき、ドイツ軍がポーランドに侵攻した。

ウッジ市人口二三万人の三分の一を占めるユダヤ人は、パニック状態に陥った。あらゆる方向へ逃亡が始まった。村々から大都市へ、大都市から村々へ。流言が何千と飛びかった。何が本当なのか、判断するのは不可能だった。一切の道路がドイツ軍によって遮断され、逃亡するユダヤ人は、大人も子どもも皆殺しにされているというのだ。父はこのとき逃げようとしたが、思いなおして家に戻っている。父の両親をはじめ、ウッジの大多数の人々も、家を離れることを恐れていた。

九月八日、ウッジはドイツ軍の猛攻撃を受け、一二日には市当局は白旗をかかげる。

その数日後、父は家から数キロ離れたウッジの中心のピエトコフスキー通りに出かけた。この時はまだゲットーは無くて、多くのユダヤ人がこの辺りにも住んでいたのだ。しかしここではドイツ兵が手当たり次第にユダヤ人を逮捕し、殴りつけていた。血を流して倒れている人もいた。父は急いで、父の姉の住む地区に行った。その一帯には人影は無く、静まりかえっていた。父は姉に逃亡を勧めたが、結婚して子どものいる彼女は、父がいくら説得しても、恐れて家から出ようとしなかった。父はあきらめて戻ろうとしたが、すでに辺りはドイツ兵がいっぱいで、家族の所に行くのは絶望的になっていた(この姉の家族は、その後ゲットーに強制的に収容され、さらにアウシュヴィッツに送られることになる)。

そのとき「ダビド!」と叫ぶ声がした。驚いて振り向くと、顔見知りのドイツ人が銃を持って、ゲシュタポの服を着て立っていた。

「ダビド、こっちに来るんだ。ここにいればユダヤ人は皆殺しだ。今からワルシャワに行くから一緒に来るんだ」

と彼は言った。

連れて行かれたトラックの中は、知り合いのユダヤの若者で一杯だった。家族のことが頭をよぎった。父の両親はどうしてもウッジを離れない、と今朝も彼に言っていた。しかも家に戻ることは、もう不可能だった。父は迷う時間も許されず、トラックに引っぱり上げられた。そしてこれが後に再会する姉と兄一人ずつを除いて、父の弟と二人の姉妹と両親との永遠の別れになってしまったのである。

トラックは、ウッジを出て五〇キロの所にあるロビッツという町で、ゲシュタポに止められた。

「ハルツ!(止まれ)」というその声は、未だに父の耳について離れないという。ゲシュタポは運転手のドイツ人に、

「トラックの中身は何だ」

と尋ねた。運転手が答えた。

「ユダヤ人を運んでいるんだ」

上――父親の家族、ポーランド時代（1933年ころ）。左から3人目が父親。
下――17歳ころの父親。

「ユダヤ人を運ぶ？　なぜだ」

「彼らを労働収容所に送り込むのだ」

「よし、分かった。通れ」

当時逃亡した人々の過半数は、若い人々、しかも男たちだった。それは九月一日にドイツが宣戦布告したときに、「婦女子に危害を加えない」と言明したからだといわれる。同七日には、ドイツ軍による占領が確定的と判断したポーランド軍は、ワルシャワの男たちに市を離れろと命令している。これにより約一〇万人がワルシャワを離れ、東に向かった。父に言わせると、みんなが戦火を避けて、事態がおさまれば戻るつもりでいたという。

九月一九日、父たちはワルシャワに着き、そこに二日間滞在した。その三日前の一六日、つまりユダヤ暦で新年の前日、ワルシャワのユダヤ人地区が爆撃を受け、包囲され、数万発の砲弾を浴び、居住区の三分の一が破壊され、二万人が死亡している。当時のワルシャワのユダヤ人口は三五万人だった。

二一日、父は一人の友人とともに汽車でモルデまで行き、二二日にブーク川に着いた。ワルシャワから三〇キロの距離に二日間かかったのである。

スターリンとヒトラーはポーランド分割協定を結び、このブーク川までをドイツが、それ以東をソ連が支配していた。父は夜中の一時に、小舟でブーク川を渡った。

対岸にはソ連兵が待ちかまえていた。父は銃をつきつけられて逮捕され、ポケットから時計や金銭を略奪された。そこには川を渡って逃げてきたユダヤ人がひしめきあっていた。全員が所持品を奪われていた。そして近くの村の豚小屋に入れられて（ユダヤ教では豚は不浄な動物なので、父は豚小屋に入れられたことを鮮明に記憶しているのだ）夜の明けるのを待った。

翌朝六時、馬に乗った将軍が到着し、

「ワルシャワに戻りたい者はいるか」

と叫んだ。父には決心がつかなかった。ソ連に望みをつないで来たものの、着いたとたんに金銭を奪われ、これから先どうなるか、予測がつかなかったのである。かといってワルシャワが間もなくウッジのようになることは分かっていた。

遠くの方で、一人の農夫が麦の刈り入れをしているのが見えた。ソ連領に編入されたポーランド農夫である。父はユダヤ人とソ連兵の人垣からそっと抜け出し、塀を飛び越えて、誰にも気付かれないうちに農夫のそばに行くことに成功した。父は飛び上がったり走ったりすることが得意だったのである。

農夫は父を見て、

「早く小屋の中に隠れて！」

と叫んだ。小屋には牛や豚がいた。一時間ほど身をひそめていると、農夫が再び来て、

「外は静かになった」

と言った。そして、

「この道を少し行くと自動車道路に出る。さらに行けばシェミヤティチという町に出る」

と教えてくれた。「ご無事で」と彼は父に別れを告げた。

自動車道路に出たとき、馬車に乗った一人の農夫に出会った。父は彼を止めて、

「金を払うからシェミヤティチまで連れていってくれないか」

と頼んだ。それはちょうど農夫の行く方向だった。町に着くと、父は彼に一〇ズロティスのお金を渡した。これは決して安い金額ではない。父はソ連兵に有り金全部取られたと言っていたのに、一体どこに隠していたのだろう。

シェミヤティチでは、大勢のユダヤ人がビアリストック行きの列車を待っていた。ソ連領内のユダヤ人たちも、ヒトラーの軍勢から少しでも離れようと、東へ東へ移動していたのである。父はプラットホームに座り込んで、朝から晩まで待ち続けた。

夜半に汽車が来た。待っていた人々が殺到し、大混乱になった。列車の屋根まで人が鈴なりになり、人々は手すりに掴まったが、八〇キロの道のりの間に、多くの人々が汽車から落ちた。

父はビアリストックに着いた。そこはポーランド東部の工業都市で、国土が分割される前は、この町から布地がウッジに送られ、そこでユダヤ人の手で仕立てが行なわれていたのだ。無一文で着のみ着のまま逃げてきたはずの父は、ここでもバザールでソ連兵相手の商売を始め、ソ連軍がユダヤ人を労働収容所に送り込むまでの七ヵ月間、ここに留まった。

ビアリストックには、飢餓線上のユダヤ人難民があふれ、食糧も住まいもない人々が路上にあふれていた。もう一つ不安な材料があった。スターリンの政策はこの占領地域にも徐々に徹底し始めており、ユダヤ教を含むあらゆる宗教は「反革命的」とされ、さらにたとえ今難民でも有産階級出身者は「人民の敵」と見なされていた。

ソ連による領土併合とナチスからの逃亡によって、ソ連支配下のユダヤ人口は二〇〇万人増加して、合計五二五万人となった。一九四〇年の終りには、併合地域内のユダヤ関係諸組織が一掃されることが明らかになり、ユダヤ人学校の使用言語はイーディッシュ語からロシア語に改められていった。ユダヤ人、非ユダヤ人を問わず、実業家、宗教関係者、作家たちが大量検挙され、労働収容所に送り込まれ、そこで多くが死亡した。

一方で一度ドイツ領からロシア領に移ると、境界ごしの接触は一切不可能となり、ナチスの残虐行為についてはほとんど伝えられなかった。そのためソ連のユダヤ人は、ドイツ占領下のユダヤ人の運命については何も知らず、後にナチスがソ連に侵攻したときも、そこで何が起ころうとしているのか予測することができなかった。

このような状況から脱出するため、必死になって、自分を受け入れてくれる国のビザを求めた難民たちもいた。不思議なことにアメリカもイギリスも難民受け入れを拒否した。オーストラリアは踏みとどまって戦わずに移民を望む者は卑怯であるという政府声明を出したほどである。連合軍側各国は難民たちが危機に陥っているということを知らなかったわけではない。しかし何度か会議がもたれた後、参加諸国は難民の受け入れ責任をお互いになすり合っただけだった。

このときソ連占領下のリトアニアのコブノで、日本領事の杉原千畝は六〇〇〇通の通過ビザをユダヤ人難民に発行した。同盟国ドイツの抗議にも耳を貸さず、ユダヤ人難民を日本に受け入れた背後には、杉原氏個人のヒューマニズムと、ユダヤ人を満州（現中国東北部）に移住させるという、日本政府によるいわゆる「フグ計画」（世界のユダヤ人の人的資源と財力で満州を開発させ、さらにアメリカとの仲介役にさせようという計画だったが、実行されなかった）があったという。

そのため多くの人々が、このビアリストックから北上し、リトアニアのビルナを経てコブノに至り、そこで日本の通過ビザを受け取り、ソ連の国営旅行社・インツーリストに巨額の金を払い込んで、シベリアを横断することになった。これも死を賭けた冒険であることは確かだった。なぜならソ連占領下から脱出する希望を出すことは、当局からうさんくさい眼で見られたし、それでなくても共産主義を拒否することになったからである。実際、シベリア送りになった人々のニュースも多く耳に入ってきたが、その真偽は確かめようがなかった。それでも約四六〇〇人が世界のユダヤ人関係機関に旅費を支払ってもらい、日本に向かい、その人々はやがて神戸に住み、その後に上海の収容所に入れられ、終戦後は欧米に渡ることになった。しかしこのような脱出ルートがあったことを、私の父は知らなかった。

2　サマルカンドへ

ポーランドのゲットーで人々が地獄の苦しみに呻吟している頃、父はソ連の支配下に入ったビアリストックで三歳年上の兄シムエルに会うことができた。彼も私の父の後を追って、ウッジから逃げてきたのである。二人は抱き合って無事を喜んだ。しかしその直後に二人はソ連軍に捕えられ、森に集められて、そこから汽車で八日間走り続け、ウラル地方のキーロフに送られ、さらにコートラズの労働収容所に連行された。

大勢のユダヤ人が、食事も満足に与えられないまま働かされた。生きる力のある者だけが生き残り、多くの人々が死んでいった。父たちは床で寝たが、毛布は不足していて、身体は凍えきってしまっていた。

父は一人の友人と収容所を脱走した。しかしキーロフで再び逮捕され、別の労働収容所に送られる。私の父は、この労働収容所送りで、徹底的なソ連嫌いになった。

しかしこのことを知らせたらアメリカのユダヤ人問題研究家のシャロン・ローズ氏は、次のような手紙を寄せてくれた。

「ソ連がどうしてユダヤ系ポーランド人をウラルやシベリアの労働収容所へ送ったのかというご質問ですが、これに対するソ連の説明は次のようなものです。すなわちソ連はできるだけ多くのユダヤ人を救おうとしたのであり、ユダヤ人絶滅作戦を遂行しながらソ連領を進撃してくるドイツ軍から、ユダヤ人を遠ざけようとしたのだ、と。私はこれは正しい答だと思います。

それにこの戦争は、ソ連にとってもひどいものだったのです。結局、前線だけで二〇〇〇万人死亡し、飢餓や爆撃のためにさらに二〇〇〇万人死亡したと推定されています。これは巨大な損失でした。軍需品生産を維持するために、ソ連は工場を東へ移し、ドイツ軍の進撃を避けなければなりませんでした。

ロシア人も多くが飢餓状態だったので、西からの難民の世話は大きな負担でした。加えてソ連当局は、難民の中にドイツ軍が送ったまわし者やスパイがいることを恐れていました（このようなことは実際にありました）。

シベリアに難民を送ることは、このような状況下でソ連がなしえたおそらく最善のことだったと私は思います。

しかし一方でソ連に反ユダヤ主義もあったことは無視してはなりません。それは西部の農民の間に広がっていました。また農民たちは時として、ドイツ軍を解放軍として歓迎する反共主義者でもあったのです」

確かに一九四一年六月二二日にソ連とドイツが戦争状態に入ったあと、またたく間にドイツ軍は北はモスクワ近くまで、南は黒海までを占領下においた。これによってラトビア一〇万人、リトアニア一四万人、白ロシア四〇万人、ウクライナ一七〇万人、ロシア九〇万人のユダヤ人がナチスの手で強制収容所に送られた。

地元の反ユダヤ主義者も、このユダヤ人虐殺に加わったという記録がある。特にウクライナ人、白ロシア人、ラトビア人、タタール人の一部は、特殊部隊を編成し、ユダヤ人狩りに加わった。それはドイツ軍の圧力もさることながら、ユダヤ人の消滅は、その家財産が周辺の人々のものになることを意味したからである。ウクライナ民族主義者は、反共主義の立場からナチスに協力したし、クリミア半島のタタール人たちは、実際にユダヤ人絶滅に手を貸した。また一方で、ロシアや白ロシアでは、ユダヤ人をナチスから守ろうという動きもあった。

怒濤のようなナチスの進軍により、ソ連領のかなり奥地の方まで被害が及んでいった。キエフではバービヤールの谷で、女子どもを含めて三三七九人のユダヤ人が虐殺され(一九四一年九月二九日〜三〇日)、黒海沿岸のオデッサでも四日間に二万六〇〇〇人が殺された(一九四一年一〇月二三日〜二六日)。ナチスが毒ガスを仕掛けた貨車にユダヤ人を詰め込んで殺す実験を行なったのも、ソ連領内である。

もし父と母が労働収容所に送られなければ、生き残れなかっただろうというローズ氏の説明は説得力がある。

父がソ連兵に掴まったビアリストックに生まれて、その町に留まった人々の中にサミュエル・ピザールという人がいた。彼は後に登録番号B一七一三を腕に刻印されてアウシュヴィッツに囚われ、脱走に成功し、アメリカ軍の戦車隊に拾われた。このとき彼は一六歳になったばかりだった。後年彼は著書『希望の血』の中で、彼の家族がドイツ軍に捕まり、妹と両親が殺されて、伯父と叔母が生き残れた理由を、次のように書いている。

「一九三九年、私の一〇歳のとき、ナチスが不意にポーランドに侵攻し、やがてヒトラーとスターリンの間で分捕り品の山分けが行なわれて、国土の東半分は赤軍占領下に入った。私はわが家のバルコニーから家族とともに、スラブとモンゴルとイスラム教徒からなるソビエト騎兵部隊の進駐を、もの珍しげに眺めていた。

両親がほっとして喜んでいたのを覚えている。ロシア人は占領軍としてやってきたのに間違いはないが、それは過去の歴史で何度となく繰返されてきたことだ。ロシア人は共産主義者とやらになってしまったらしいがソビエト権力を動かしている革命的思想は、ここビアリストックでもすでに馴染みのあるものであることを思うと、安心が先立つのであった。これでもどちらかといえば、まだましさ。ロシア人どものおかげで、ナチスの桎梏からは救われたんだから。

だが、この『救済』は高くついた。どこの家の家長も新しい身分証明書の交付を受けねばならなかった。もしその証明書に『ブルジョア』という文字が捺印されていたならば、一家は『労働者階級の代表者』と住居を交換しなければならなかった。宿替えは数時間以内に実行しなければならず、居住者は家具一切を置き去りにしなければならなかった。

私たちは、真夜中に誰かがやってきて、戸口を叩くのではないかと、戦々兢々として暮らし始めた。多くのユダヤ人家族がこうして、隠密裡に引っ立てられてシベリア送りとなった。

私の従兄弟たちのように、絶望の淵に沈みながら発たねばならなかった人々は、シベリア送りになる自分たちの方がビアリストックに残る人々よりも、はるかに生き残る幸運に恵まれようとは、全く思いもかけなかった。――ビアリストックではやがてヒトラーが、われわれの運命を牛耳るようになるなどとは。

ソビエトのお偉方がわが家にやってきたとき、父は自動車の発動機を修理していた。父は両手を油だらけにして連中の前に立った。もうそれだけで父の身分証には『労働者』として記載され、私たちは新しい特権階級の一員となったのだ」(前田総助訳)

不幸にして一九四一年六月二二日、赤軍はナチスの数個師団の攻勢の前に壊滅し、ビアリストックに残っていた彼の両親と妹は強制収容所で非業の死を遂げることになるのである。

そして私の父は、ナチスの手の及ばないソ連領の奥深いところの労働収容所に入れられたおかげで助かることになった。

さらにもう一つ大きな変化がもたらされた。ソ連とドイツが戦争状態に入ったとき、布告が出され、ソ連領内のすべてのポーランド人は解放されたのである。ウラルやシベリアの労働収容所でも大勢の人々が自由の身となった。父の身分証明書には「ポーランド生まれのポーランド人でユダヤ教徒」と書かれていた。それで父は解放された。

父はある村で、軍隊の志願兵に応募した。しかしユダヤ人であるという理由で拒否された。それで父は南に向かうことにした。中央アジアのサマルカンドに向かったのである。

3 母の脱出

一方私の母サビナの生まれたジショフは、ポーランド南部の小さな町だった。この地にユダヤ人が入植村をつくることを許可されたのは、一五世紀に入ってからだった。ユダヤ人はその後、重税とさまざまな制約下におかれながらも増え続け、一七世紀には最初のシナゴーグが設立され、ユダヤ人墓地もつくられた。一八世紀半ばとなると、ジショフの商店のほとんどがユダヤ人所有下におかれ、特に織物、金細工はユダヤ人が独占していた。そしてジショフの金細工は、ヨーロッパ中に知られるほど有名だった。町は美しく、当時訪れた旅行者は、ジショフをポーランドのエルサレムと評していたという。ユダヤ文化も盛んで、この町は多くの著名な詩人や文学者を生み出している。

私の母は一九二〇年三月五日、ジショフの歴代のパン屋兼お菓子屋の家に生まれた。ユダヤ教にはあまりこだわらない、半ばポーランドに同化した家庭だった。母の誕生の翌年、ヒトラーはドイツ労働者党の党首となっている。そして戦争直前のジショフのユダヤ人口は一万四〇〇〇人だった。

一九三九年の九月、一九歳のロシア人形のような丸顔の母は、母の弟と二人でジショフを脱出した。その直前に母はドイツ兵の誰何に答えなかったために手を撃たれており、ここに留まるのは危険だと考えたのだ。二人は高額の金を支払って、馬車でサン川のほとりまで行った。ポーランド南部では、この川が分割の後の境界線だった。サン川の岸辺には大勢のユダヤ人が集まり、ドイツ兵が監視していた。母と弟は茂みの陰から、物音を立てないように水の中に入った。弟の助けで対岸に辿り着いたとき、母は奇跡が起こったと感じた。

母たちは渡ったところで一日過ごし、次の日馬車でプシェミシールに向かった。白ロシアの兵隊が二〇ズロティスくれたので、それを旅費に当てたのである。プシェミシールからは汽車でリボフに行った。そこはもうウクライナだった。

リボフは、ユダヤ難民でごったがえしていた。人々はドニエプル川下流の炭鉱地帯のドンバスに行こうと話していた。そこでは職を見つけることができるというのだ。母と弟はドンバスに向かった。そこで母はスタリノフ（現在のドネツク）近くのブーディノオカ炭鉱で働くことになったのである。

人々は炭坑に降りるのを恐れたが、まだ若かった母は、ロシア人にできる仕事なら自分にもでき

上——ポーランドに住んでいたころの母親（右）
下——母親とともにナチスの手から逃げた叔父（左）が、ポーランドにいたころのスナップ。

るはずだと、勇気を持って坑道に入り、そこで生まれて初めて炭坑の仕事をすることになった。弟（一九二四年生まれ）はまだ一六歳になっていなかったため、この仕事は禁じられた。そこで彼は、別の町で勉強を続けることになった。

ロシア女が彼女にあてがった仕事は恐ろしく困難だった。それは石炭を積んだトロッコを連結させる仕事だったが、トロッコは一台でも数トンはあるのだ。ロシア女はそれをなんとかこなしていたが、彼女は母の倍もある体格を持ち、しかも熟練していた。そして母はというと、ドイツ兵に撃たれた片手がまだ不自由なありさまだったのである。

一ヵ月半後、案の定、母は仕事中に事故に遭った。二台のトロッコに押し潰されたのである。彼女は意識不明のままスタリノフの病院に担ぎ込まれ、意識を回復したのは六週間後だった。この入院騒ぎで、母は弟とはぐれてしまった。退院後の必死の捜索にもかかわらず、弟の消息はつかめなかった。

当時ソ連領には、母のような難民を除いて、定住してきたユダヤ人が数多くいた。白ロシアとウクライナに特に多く、キエフ市のユダヤ人口は一五万で、これはオランダ全体のユダヤ人口に匹敵し、リボフ市のユダヤ人口一〇万人は、ベルギーとルクセンブルクとデンマークとノルウェーのユダヤ人を合わせた数に匹敵した（ルーシー・ダビドヴィッチ『ユダヤ人はなぜ殺されたか』、大谷堅志郎訳、サイマル出版会、上・下、一九七八〜九七年、のちに明石書店、一九九九年）。

母は回復するころ、リボフのユダヤ人女性と知り合った。この人はユダヤ系ロシア人だったので、自由に旅行できたのである。彼女は母に「いつでもリボフにいらっしゃい。私の家の扉はあなたのために開けておきますからね」と言ってくれた。

母がリボフに行くには証明書が必要だった。スタリノフの役所に行くと、そこには彼女の言葉では「ユダヤ鼻をした」男が座っていた。しかし証明書は出なかった。リボフに戻ればシベリア送りになる、と彼は言った。

「好きにすりゃいいじゃないの」

と彼女は叫んで、そのままドニエプロペトロフスクからドニエプル川を渡って、リボフに向かった。

リボフでは知人の世話になり、その間に母の弟の消息が分かった。母の打った電報を見た弟は飛んできて、二人はランベリックで二ヵ月間暮らすことになる。しかしそれも束の間のことだった。ユダヤ人難民は集められ、労働収容所送りの長い列に並ばされることになったのである。並ばされたとき、弟は母の前にいた。しかしソ連兵は二人を別々の列に並ばせた。母は移送される弟を見て泣き叫んだ。隣の人が、

「どうせ同じ所に送られるのだから、きっとまた会えるよ」

と言ってくれ、母はそれを信じるほかはなかった。一九四〇年六月二八日のことである。この時以来この弟のサミュエルの消息は、現在に至るまで分かっていない。

父が自由になったのと同じとき、ウラル地方の労働収容所では母が解放された。そして母もまた南の方を目指した。なぜサマルカンドだったのだろう。母は次のように書いてきた。

「みんなシベリアでとても寒い思いをし、散々苦しい目にあったので、解放されると暖かい場所を

求めて、みんなサマルカンドやタシケントなどソ連領中央アジアに向かったのです」

サマルカンドには、すでに一二世紀頃の記録の中でも、かなり大きなユダヤ人社会が存在していたと記されている。その後サマルカンドのユダヤ人社会は、一五九八年の蒙古軍の侵入で崩壊したと見られているが、その後も残ったユダヤ人は、一八四三年に、自ら要求して、サマルカンドの一地域をユダヤ人地区として、そこに集まり住んだ。自然発生型のゲットーの誕生である。

一八六八年、ロシアがこの地域を征服し、それによってユダヤ人の状況は改善され、一八八七年には、人口も三七六二人に増えた。この人々は、セファルディと呼ばれる、スペイン系（オリエント系）ユダヤ教徒だった。

一八八八年に、ロシアはサマルカンドへ鉄道を敷き、これによってロシアのアシュケナージ（ドイツと東欧のユダヤ教徒）のサマルカンド移住が始まった。翌年のサマルカンドのユダヤ人口は四三〇七人と増加した。ロシア当局は、この移住に賛成ではなかったため、土着のユダヤ教徒以外は厳しい制限を設けられたが、それでも一九〇七年には、ユダヤ人口は五二六六人を数えるようになる。

一九一七年のロシア革命の後、ソビエト共産党ブハラ市ユダヤ支局が、サマルカンドに設置され、当初この支局は、ユダヤ教徒の民族的権利保持を支持するが、その後、方針が転換され、一九三三年までに、ユダヤ人地区の一五のシナゴーグが閉鎖され、一九三五年には、ユダヤ博物館が「ソビエト化」された。これはユダヤ人の民族的性格を減少させ、宗教的性格にとどめようとする路線の上に進められたのである。

サマルカンドは、ブハラ市と一つのユダヤ人社会を形成し、その人口は一九二六年には七七四〇人、一九三五年には九八三二人（全人口の八％）となり、そのうちのほとんどが、ユダヤ人地区に住んでいた。彼らの言葉は、タジキ語、つまりタジクとユダヤの合成語で、その言葉で教える学校に、一四〇〇人の子どもが学んでいた。

私の両親、ダビドとザビナが、サマルカンドに来たのは、第二次世界大戦中で、この時期にどれぐらいの数のユダヤ人難民がここに流れ着いたのか、私には資料がない。

一九四一年、サマルカンドは突然に難民のるつぼとなった。チフスや壊血病や飢餓やマラリヤにより、母の言葉を借りると人々は「蝿のように」死んでいった。母は何度も病気で倒れた。

父が兄シムエルにふたたび再会したのも、母サビナを見初めたのも、このサマルカンドでだった。詳しい話は聞いていないが、母がある女性の召使いとして働いていたとき、父が宝石の行商に立ち寄って、それで知り合ったということだ。それにしても父の商才は、どんな苦難の中でも花開いた。まったくあきれるほど「ユダヤ的」である。

4　死の行進

狩られた群集が

足を引きずり　延々と続く
血のしみついた
埃だらけの道を……
心は屈辱にみち　眼は苦悩をたたえ
子どもらは母親たちのそばにちぢこまる
そして疲れはてた悲嘆の母たち

子どもらの父親たちは
苦悶に蒼ざめる
終りのない悲嘆にうなだれて……
彼らは　死に向かって行進する

（"Chant du Ghetto"『ゲットーの子守歌』より　松井真知子訳）

サビナ（母）とダビド（父）がサマルカンドで疫病と飢餓に苦しんでいた頃、ポーランドでは、殺人機械がフルスピードで回転していた。

ウッジでは、一九三九年一一月に、ナチスによってシナゴーグが焼かれ、ユダヤ人とポーランド人の公開絞首刑が行なわれた。同一二月、ドイツ人に住宅を明け渡すために、市の中心部のユダヤ人が追放された。一二日から一四日にかけては、数千人が強制退去させられ、これに続いてユダヤ人の集団脱出は、パニック状態の中で急速に進行した。これはドイツ当局によって「自発的」逃亡と説明されている。

一一月、ウッジの一〇歳以上のユダヤ人は、ダビデの星(ダビデの紋章。六角形の星でユダヤ人のシンボルとして使われた。ナチスはユダヤ人にこのマークをつけさせた)の腕章をつけさせられた。

一九四〇年一月、ユダヤ人の強制収容＝ゲットー化が始まった。脱出の時期を逸した一六万四〇〇〇人は、二キロ平方の狭い地区に隔離されたのである。人々もそう簡単に言うなりに移動したわけではなかった。業をにやしたドイツ軍は、一九四〇年三月一日にユダヤ人の大量虐殺を行ない、見せしめとした。いわゆる「血の木曜日」である。四月三〇日、ウッジのゲットーは壁で封鎖され、一切の出入りは禁止された。

ウッジ・ゲットーは、他の都市ゲットーと異なるいくつかの特徴を持った。それはこのゲットーが、一番早く完成し、一番長く残ったこと、外部世界から完全に遮断されたこと、そしてゲットー全体が類を見ない巨大な労働収容所と化したことである(ナチスは全部で一二五の労働収容所を作っているが、ウッジは最大だった)。

ウッジを労働収容所にするようにナチスに働きかけたのは、ユダヤ人評議会の代表ルムコウスキーであった。彼はそれによってユダヤ人労働者がドイツ軍にとって必要であるという印象を与え、ユダヤ人に生存の機会を与えようとしたのである。またゲットー住民がその秋、ハンストと一連の暴動を起こし、ドイツ軍に住民の生活の改善を約束させたことも、労働収容所化を助けた。こうしてゲットー内の九一の工場が生産を始め、七万八〇〇〇人の労働者が、それにより最低限の収入を得ることができた。

一九四一年一二月、ドイツ軍はウッジのユダヤ人二万人を強制収容所に送った。ウッジが巨大な労働収容所と化したことは、同時に労働に耐えない層は、ここでは不必要とされることを意味した。飢餓のため(ここでの一日のカロリーは一一〇〇カロリーで、それも誰にでも保証されているというわけではなかった)にパンの一片を盗んだだけの者や逃げようとした者を含め「犯罪者」の集団が移送され、次に老人、病弱者、一〇歳以下の子どもたちの長い列が続いた。どこに送られるのかは一切知らされなかった。ユダヤ人の地下活動家の決死の調査で、アウシュヴィッツとヘルムノの大量虐殺のニュースが伝わるのは一九四二年夏のことである。

労働カードを持つ者だけが、ゲットーに残されていった。他の者は隠れ場所に身をひそめているほかなかった。そしてこれらの人々には食糧の配給が絶たれることになる。カードはユダヤ人評議会を通じて渡されるため、これを手に入れようと賄賂が飛び交った。

こうしてウッジのゲットーでは、老人、病人、子どもはすべて死の収容所に消え、人口は一九四二年一〇月には、当初の半数の九万人に減少していた。自治の時代に生まれた福祉施設は、すべて廃止された。工場の数だけが一一九にまで増加し、住民の九〇%が就業していた。人口構成が一変し、若い人々と壮年者しか存在しなくなってしまったのである。

ワルシャワではもっと悲惨な状況があった。一九四二年の七月には、もとの三五万の人口が四万五〇〇〇人しか残っていなかったのである。移送に抵抗する者は、すべて射殺された。『ユダヤ人はなぜ殺されたか』の中でダビドヴィッチは、このときの絶望的な闘いについて詳しく述べている。いわゆるワルシャワ・ゲットーの蜂起である。

残された若者たちは、突然自由になったことを知った。家族もユダヤ社会も崩壊した。もう守るべきものは何もない。死が不可避なら武装蜂起を選ぼう。死に方の選択だけでも自分の手の内に残そう……。灰の中からブントの新聞が叫んだ。守りにつけ、立ち上がれ、「われわれはみな、恐るべき前線にある兵士なのだ！」

パレスチナに移住したユダヤ人には、ゲットーの女性から絶望の手紙が届いた。

「あなた方に仇討ちを要請します。情容赦ない復讐をです。……復讐！　これはわれわれのあなた方への挑戦です。あなた方はヒトラーの地獄を苦しまずにすんだのですから。あなた方はこれをどうしてもやってのける義務があります。あなた方がわれわれの復讐をしてくれるまで、ばらばらに散った骨が安らぐことはないでしょうし、ばらばらに散った焼却炉の灰がしずまることもないでしょう」（大谷堅志郎訳）

ワルシャワ・ゲットーは最後の武装抵抗を決定した。ＺＫＫ（ユダヤ調整委員会）とＺＯＢ（ユダヤ戦闘組織）がこの任に当たった。左翼各党派の連合組織である。

一九四三年一月一八日、ドイツ軍が死の収容所に送り込む人間を選別するためにゲットーを包囲したとき、ＺＯＢは一〇人単位の小隊に分かれて、地下工場で作った火焔ビンを投げ、苦労して手に入れた小銃を発射し、五〇人のドイツ兵を倒した。二月にはＺＯＢはユダヤ人警察官をゲシュタポの手先であるとして処刑した。四月一九日、ドイツ軍は二〇〇〇人の兵と戦車を動員してゲットーに入ってきた。ＺＯＢはこれを迎え撃ち、ドイツ軍は死者二〇〇を出して退却した。翌日、ＺＯＢはゲットー入口に電気地雷を敷設して、ドイツ兵一〇〇人が死んだ。ドイツ軍はこのあとゲットーに火を放つ。

ゲットーのユダヤ軍は守勢に回ったが、一〇〇〇人のZOBは、五〇〇〇人のドイツ機甲師団に対して徹底抗戦を誓っていた。戦闘は工場内や隠れ家に移った。ドイツ軍は火焔放射器でユダヤ人を焼き殺していった。最後に残ったZOBが自決したのは五月八日である。

ウッジ・ゲットーは一九四四年九月まで存続した。この月、全住民七万六七〇一人がアウシュヴィッツに送られた。この中に父の姉妹二人と弟一人が含まれていた。姉のフリダ（一九〇九年生まれ）と妹のゲッタ（一九二一年生まれ）、そして弟のレオン（一九二三年生まれ）である。私の祖父アーロンは、この一九四四年九月以前に、ウッジ・ゲットーで飢えのために亡くなっていたことがわかっている。祖母ライゼルは、もっと以前に老人たちとともにアウシュヴィッツに移送されていたようだ。姉の子どももその頃殺された。

一九四五年一月一九日にソ連軍がウッジに入ってきたとき、救出されたのはゲットー内に隠れ潜んでいた八七〇人だけだったという。

母の故郷のジショフの運命も同じようなものだった。一九三九年九月一〇日にドイツ軍が侵攻し、一九四一年にはユダヤ人はゲットーに押し込まれ、入口は閉鎖された。翌四二年、ナチスによる移送が開始される。行先はベルゼン収容所である。移送に抵抗した二三八人はその場で射殺され、さらに見せしめのため、一〇〇〇人がルドナの森に連行されて処刑された。

一一月にもなるとゲットーの人口は三〇〇〇人になっていたが、この人々は労働者「A」とその

祖父は第二次世界大戦中にゲットーとなったウッジで飢えて死に、友人たちによって埋葬された。

家族「B」に分類された。「A」は一九四三年九月にシェブニアの労働収容所に移送され、翌年七月まで生き残った者はわずか六〇〇人。そしてこの人々はドイツに移送され、その後の記録はない。
一方「B」は一九四三年一一月にアウシュヴィッツに移送され、全員が殺された。私の母サビナは長女だったが、妹のマリア（一九二三年生まれ）と弟のイザック（一九二六年生まれ）、そして私の祖父サロモンと祖母ルット（私はこの人の名を受け継いだのだ）が死の収容所に消えた。生き残った人々も、この町には二度と戻ろうとはしなかった。

夏　雨が降る
冬　雪が降る
そして　呪われた長い道を
私は　ひとりさまよう
私があれほど愛したすべては
死に絶え
呪われた力に殺され
そして　あれほどの苦しみのあと
あれほどの恐怖のあと
結局　私はポーランドを去らねばならない
（『ゲットーの子守歌』より　松井真知子訳）

5　灰塵の中で

ドイツ支配下の全地域で、ユダヤ社会が完全に崩壊し、ゲットーが断末魔のうめきを上げている頃、両親はサマルカンドの難民収容所で、貧しい結婚式を挙げた。二人は一本のワインを手に入れるために何日も費した。次に彼らは一キロのパンを捜さねばならなかった。結婚式の食卓に出たものは、これですべてだった。二人は結婚の保証人となる何人かの人々を見つけた。すべてがユダヤ教の伝統にのっとって進められた。しかしラビが立ち会ったことは黙っていなければならなかった。当時ユダヤ教の儀式は禁止されていたのだ。それでも隣のウズベク人たちが、警察に「彼らは一晩中大騒ぎをしていた」と告げ、二人の警官がやってきた。しかし両親は運が良かった。ワインの残りを飲ませたら警官は帰っていったというのだから。

両親はその後一九四六年まで、サマルカンドに滞在した。その間に、一九四四年二月二三日、私の姉のマルヴィナが誕生した。故国ポーランドで何が起こったのか、ほとんど何のニュースも伝わってこなかった。

第二次世界大戦が終了して一年後の一九四六年になって新しい布告が出た。それは故郷の町に戻りたいポーランド人は登録するように、というものだった。両親と幼いマルヴィナは、二週間汽車に乗って、戦火に破壊され、三〇〇万人のユダヤ人が消滅したポーランドに戻ってきた。

ヨーロッパ全体で、一九四一年のユダヤ人口は八七〇万人と言われ、そのうち最小限に見積もっても五二〇万人が虐殺された。飢餓や病気を入れると、あと一〇〇万は増えるだろう。その三分の二以上は、東ヨーロッパの貧しいユダヤ人だった。表の数字の中央の列は一九四一年の主だった国々のユダヤ人口、右の列は殺された人数である。(『ユダヤ歴史地図』より)

ポーランドの数字が少ないのは、これが一九四一年の統計であり、一九三九年からこの年までの間に三〇万人以上が逃亡したか殺されたかしているためである。最終的には三三〇万人中三〇〇万人が死んだとされている。

生き残った人々がすべて故郷を目指したわけではない。あまりにもいまわしい記憶があるため、多くの人々は避難先を離れようとしなかったり、新天地を求めたり、パレスチナに向かったりした。

両親とマルヴィナの乗った列車がポーランドに入り、強制収容所のあったマイダネック近くを通過したとき、夜中に盗賊が現われ、列車は急停車した。彼らはポーランド人ファ

国	ユダヤ人	殺された人数
ポーランド	300 万人	250 万人
ソ連	250 万人	75 万人
ラトビア	10 万人	7 万人
リトアニア	14 万人	10 万人
ルーマニア	100 万人	75 万人
ブルガリア	5 万人	4 万人
ハンガリー	71 万人	20 万人
チェコ	8 万人	6 万人
ユーゴ	7 万人	6 万人
オーストリア	7 万人	6 万人
ドイツ	25 万人	18 万人
フランス	30 万人	6 万 5 千人
ベルギー	8 万 5 千人	3 万人
オランダ	14 万人	10 万 4 千人
イタリア	12 万人	9 千人

各国のユダヤ人の人口と状況 (1941 年)

シストの残党だった。強盗は列車の後方から略奪を始めていった。人々の泣き叫ぶ声が、暗闇に響いた。一五〇〇人の乗客は、恐しさに身を寄せ合っていた。

後にも先にも、父が子どもたちに自慢できる武勇伝を手に入れたのはこれっきりである。父は列車から飛び降りて乗客にむかって叫んだ。

「ナイフでも何でも持って集まれ！」

大勢の人々が叫びわめきながら武器を持って集まった。強盗たちは列車に軍の小隊でもいると思ったのだろう。森の中に一目散に逃げていった。

ポーランド中が荒廃していた。両親はジショフには立ち寄らなかった。母は次のように書いている。

「戦後ポーランドは無政府状態にあって、片っ端から盗んだり、手当たり次第に人殺しをしていたのです。『まだ生きていたのか』なんて人に尋ねるんですって。分かるでしょう。財産や家を手に入れようというんですよ。ママの土地では、帰ってきたユダヤ人は皆殺されたのです。それでそこには行かず、ママとパパはウッジに行ったのです」

列車はウッジに着いた。父は用心のため母と子どもを列車内に残して、街の様子を探るため一人で中心部に出かけていった。

彼はすぐに多くのユダヤ人に会った。彼らの後をついていくと小さな事務所があり、そこに壁はユダヤ人同士の消息を尋ねる告知板となっており、カードが何千枚と張り出されてあった。父は目を疑った。ウッジ脱出以来消息の絶えていた姉のアンナの名を見つけたのである。そこにはアンナの住むパリの住所が書かれていた。

父は母と姉を連れてすぐ駅に戻った。もしかしたら列車はもう出発してしまったかも知れない。しかし「神の御加護で」列車はまだ駅にいた。戦後の父の話には、急に宗教的な修辞が増えるのだ。

列車を見張っていたポーランド人たちは、列車から人が降りるのを禁じていた。というのは、ユダヤ人はドイツに送って、そこで面倒を見させるべきだと考えていたからである。ポーランドにとってユダヤ難民の受け入れは荷が重かった。さらにこのとき世界中がユダヤ人の生き残りをたらい回しにして、責任を回避しようとしていた。

しかしウッジ駅でもう一つ「神の御加護」があった。見張り係のポーランド人は、運よく祖父をよく知っていて、そのため父たちは下車を許されたのである。サマルカンドから運んできたミシンや、少しばかりの荷物が降ろされ、両親たちは乗合い馬車で市の中心部に行った。ゲットー跡は完全に破壊され、そこにはもう誰もいなかった。

両親たちがウッジで住むのは困難だと理解するのに、そう時間はかからなかった。仕事も見つからなかった。彼らは荷物を売って旅費をつくり、すぐに出発した。それ以来父と母は二度とウッジに戻ることはなかった。

両親はチェコスロバキアの国境を越え、プラハ、ブラチスラバ、ウィーンを経由して、ドイツのウルムに着いた。ウルムでは国連管理下のアパートをあてがわれた。そこは昔ゲシュタポが住んでいた家だったが、接収されたのである。食糧も支給された。両親はそこで三～四ヵ月過ごした。

ウルムから父はパリのアンナに手紙を出した。アンナはとっくに死んでしまったと思っていた弟からの手紙に驚いて「すぐに来て下さい」と返事を出した。こうして両親とマルヴィナは、パリのアンナのもとに身を寄せることになったのである。

アンナの娘、つまり私の従姉《いとこ》のファニーはイスラエルから次のような手紙をくれた。戦争前にアンナは夫とともにパリに脱出していた。しかしパリがドイツ軍の占領下におかれたとき、夫は収容所に送られ、拷問され、精神障害を起こし、戦後離婚した。

「私は一九三八年七月二三日、パリ一二区で生まれました。ドイツ軍が来たとき私はまだとても小さかったので、ダビデの星を付けなくてもすみました。やがて母は私の安全のために、私をカソリックの家庭に里子として出しました。

一方、兄は一九二九年九月一六日にポーランドのウッジで生まれましたが、彼はダビデの星を付けていました。しかしユダヤ人は自由な移動を禁止されていましたので、彼が私に会いに来るときには、規律違反で強制収容所送りになる危険を冒して、星をはずしていました。

一九四二年頃、母は私を引き取り、兄と一緒に自由地帯つまりドイツ人のいない所に行くことに決心しました。最初母は父の義妹と一緒に汽車で出発しました。終点の手前の駅まで来たとき、何かを感じとったのでしょう。母はそこで降りると言い張りました。この決定が私たちの命を救ったのです。義妹はあくまで終点まで行くと言い、そうしたために強制収容所に送られ、それっきり戻ってきませんでした。

二度目の脱出のときには、越境を助けてくれる人と一緒に出発しました。彼は若い男でその地方をよく知っているので、監視の少なそうな小さな村々を通って、自由地帯まで連れていってくれるはずでした。

国境のホテルのみすぼらしい部屋で、私たちは通り抜けるチャンスを待っていました。そのとき突然叫び声がしました。身分証明書を調べるドイツ兵の声でした。母は咄嗟に同行の男に、おどり場に出て自分一人しかいないように振る舞ってくれるようにと頼みました。母は必死だったのです。私たちはベッドの下に隠れて、ただ息をこらしていました。

その男は偽の身分証明書がばれて捕えられました。母は一晩中彼を待ちましたが、翌日になっても戻りませんでした。

しばらく後、私たちはグルノーブル近くの赤十字村に辿り着くことができました。兄はある農家に預けられ、その家の息子の代りになって働きました。息子は山にこもって、パルチザンとしてドイツ軍と戦っていたのです」

他人の犠牲のもとに自分が生き残るというのは、珍しい話ではなかった。時には意図的に他人を「指す」ことによって自分が生きのびることもあった。生きのびたユダヤ人が、何があったか話したがらないとき、苦渋に満ちた記憶に捉えられていることも多いように思う。

私の両親はアンナを頼ってパリに来たが、ここでも生活は大変だった。しかしウッジに戻る気にはならなかった。

終戦とともに、ソ連に逃げていたユダヤ人のうち約五万人がウッジに戻ってきて、新聞、演劇などユダヤのイーディッシュ文化が焼け跡に花咲く短い時期があった。これらの人々をパレスチナに送り込もうとするシオニストの活動も活発化した。しかし一九五〇年にポーランドのソビエト化が

サマルカンド、ウッジ、ウルムを経てパリへと向かうころの両親と姉マルヴィナ
(1946 年ころ)

完了するまでに、半数のユダヤ人がウッジを去り、一九五七年以降のユダヤ人口は、数千人に減っていた。これは何を意味するのか、はっきりした解答にはまだ出会っていない。

またシャロン・ローズ氏は、オーストラリアのメルボルンに「ウッジ生存協会」があると知らせてくれたが、その住所は明らかではない。

第三章

私の旅

1　出生

「イスラエルで三つ子が誕生した。女の子はルットとシュロミット、男の子はアーロンである。両親のダビドとサビナ・ジョスコヴィッツは、この国への新しい移民で、二人はこのすばらしい贈り物に大喜びだ」（『ハアレツ』紙　一九四九年四月二三日付）

私の（正確には私たちの）誕生は、イスラエルでは大きなニュースとなり、当時の新聞は写真入りで「三つ子誕生」を取り扱かった。私たちは一九四九年四月二一日、イスラエルの町ハデラの病院で誕生した。

私たちが三つ子であることが、私のイスラエルでの誕生の理由の一つとなった。これは不思議に聞こえるかもしれない。誕生の結果が誕生の理由だというのだから。それは次のとおりである。

サマルカンドからウッジとウルムを経て、私の両親と幼いマルヴィナは、ポーランド難民として、一九四六年にパリに落ち着いた。一九四八年に母は妊娠した。医者は、お腹の中に三つ子がいると告げた。その直前の五月一四日に、イスラエルが「誕生」していた。そして私の両親は、「生き延びられたこと」と「イスラエルの誕生」と「三つ子の妊娠」を、単なる偶然とは考えなかった。「神の啓示」を感じたのである。両親は「三つ子誕生」というおめでたい事件は、新生イスラエルにふさわしいと考え、それが神の意志にかなうことであると思った。こうして私の両親はシオニストになり、イスラエル移住を決意したのである。

当時私の両親だけでなく、世界中のユダヤ人をシオニストの側に押しやる強力な状況が存在していた。ユダヤ人難民の引き受けをしぶり、ユダヤ人問題を自国内で解決せずにアラブの国に押しつけたヨーロッパ諸国、そして石油産出地帯に打ち込んだ楔《くさび》としてイスラエル国家を位置付けようとした帝国主義的野心を持つ大国、最後に解放の具体的プロセスを提出することに失敗し、ホロコーストを経たあとのユダヤ人の状況の変化を把握しきれなかった社会主義者たちとスターリンのソ連、すべてがユダヤ人をシオニズムの方向に向けようとした。

「アウシュヴィッツは新興ユダヤ民族意識とその国家イスラエルの恐るべき発生の地であった。……六〇〇万のユダヤ人の灰の中から『ユダヤ人社会』という不死鳥《フェニックス》がとびたっていったのである。何という『よみがえり』であろう」（ドイッチャー『非ユダヤ的ユダヤ人』）

戦前のユダヤ人社会で模索されていた「ユダヤ人問題解決の三つの方法」、つまり同化、社会主義、シオニズムのうち、六〇〇万人の虐殺を経て生き残ったのは、ドイッチャーが敗北感とともに回顧しているように、シオニズム、つまりパレスチナにユダヤ人の国家を作ることだけだったのである。同化という方法は、不信感をもって迎えられた。ヒトラーが同化ユダヤ人も虐殺してしまったからである。さらに社会主義による解決法も説得力を失っていた。ファシズムの意図を見抜けず、対処する方法も立てられなかったからである。そして凶暴なナチスの荒れ狂った後の瓦礫の中に悄然と立ちすくむユダヤ人難民を、ビザやパスポートが無くても国家ぐるみの保障で受け入れる国家が必要だというシオニストの説明は、説得力をもって迎えられたのである。

このような状況下でシオニストに変身した私の両親は、お腹の中の三つ子を持参金として、イス

1949年4月21日、イスラエルで三つ子が誕生した。女の子はルット、シュロミット、男の子はアーロンと名づけられた。「新生イスラエル」にふさわしい出来事として、社会的にも大きく報道された。

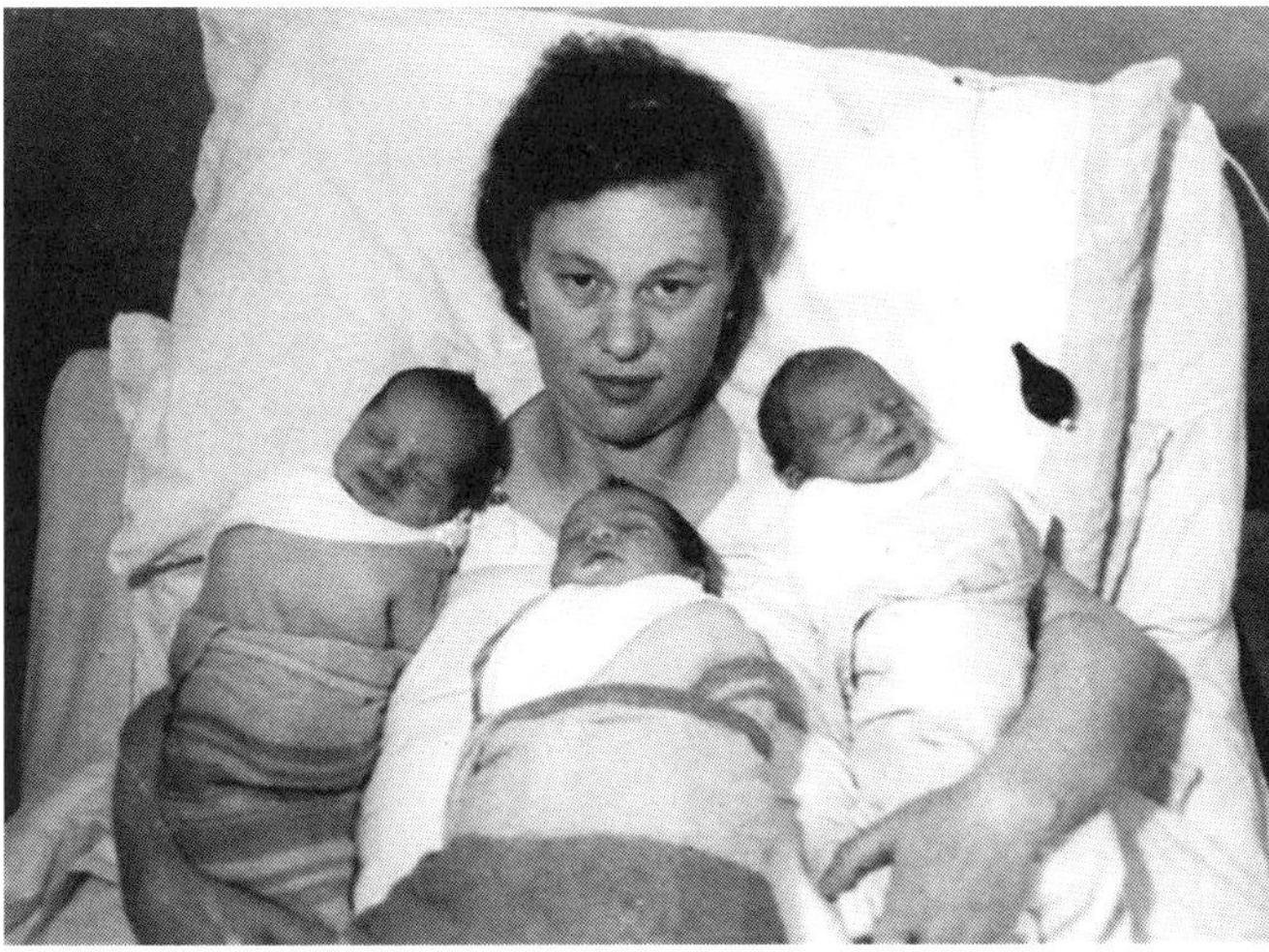

ラエルに嫁いできた。一九四九年のはじめのことである。当時のイスラエルは、国連分割決議によってユダヤ国家と決められた地域ばかりでなく、アラブ国家に決められた地域からも武力で住民を排除し終わり、そのために生じたパレスチナ難民の受け入れを拒絶し、残された家屋を没収し世界中のユダヤ人移民をそこに住まわせようと働きかけ、同時に内に向かっては、産めよ増やせよというキャンペーンを繰り広げていた。このような時代のイスラエルで初めての三つ子の誕生は、センセーショナルな事件となり、私たちはベングリオン首相の祝電を受け、祝い金まで贈られたのである。

私たちは歴史の申し子として誕生した。もしヒトラーがいなければ、私はポーランド人として誕生していただろう。両親がサマルカンドに留まっていたら、私はソ連人として生まれ、もし三つ子でなければフランス人として生まれたかもしれない。しかし両親の足跡を辿ってみて、一番大きい可能性は、やはり私が誕生しなかったことなのは明らかである。それでも多くの偶然が、歴史の糸に絡み合って、私はきわめて政治的な意味を持って誕生することとなった。

こうして父と母の物語は、イスラエルを媒介にして、私に受け継がれることになる。三歳ぐらいの時の断片的な思い出が脳裏に浮かぶが、その一つは、イスラエルの独立記念日の光景だった。軍隊の分列行進と、群集の手の中のイスラエル国旗の波が、あざやかに想い出される。動物園で見た象のことも覚えている。

私の母は、この頃の一つの話を、何度も繰り返し、私に語って聞かせた。

「お前たち三人は、それぞれのベッドで眠っていたの。それは確かだわ。窓は少し開けてあったけど、そこに行くには、父さんと母さんのいる隣の部屋を通らなきゃならなかったはずなの。ところが泣き声を聞きつけて部屋に行くと、お前だけベッドにいないじゃないの。魂が消えたわ（彼女はイーディッシュ語で、両手を差しあげてこう表現し、オイ・バボイ《何てこったろう》と付け加えた）。お前は部屋の中のどこにもいないの。もしやと二階の窓から覗いてみると、なんと驚いたじゃない、お前が地べたに座り込んでいるの。窓をよじ登って、壁沿いにすべり落ちたんだよ。生後六ヵ月しかたっていなかったのにね」

私が隣の家のアヒルの子を殺した、という話も、後に母親から聞かされた。それは、食糧難の当時は大変なことだったらしい。

父は、テルアビブの隣のジャッファに小さな店を開いて、骨董を商うようになった。ジャッファはパレスチナ人の美しい街だったが、一九四八年のパレスチナ戦争のあと、住民は追放され難民となり、そのあと私の家族のようなユダヤ人難民が住みついたのである。しかしこの国では、あらゆる伝染病が蔓延していて、アーロンが小児麻痺にかかってしまった。そしてこの病気のための医者も、イスラエルでは不足していたのである。両親が一九五三年にフランスへ戻ることになったのは、この理由が大きく、さらに「希望のイスラエル」も生活難で大変だということも理由だったに違いない。実際この頃は、戦後流入したユダヤ人難民が、もっといい定着地を求めて大量に出国した時代と重なっていた。

こうして、私がイスラエルという国に生まれたこと自体は、多くの意味を含んでいるのだけれど、四歳の時にフランスに渡ってしまったため、自分の心の中で、この国での具体的な記憶が影響を与えるということはなかった。しかし「ハデラ出生」という文字は、その後もパスポートや身分証明書に刻印され、それによって人々は容易に、私がイスラエル生まれであることを知ることができた。また私の名ルットは、母方の祖母から受け継いだのであるが、旧約聖書のルツ記からとってあり、それによって私がユダヤ人ということも知れたし、苗字のジョスコヴィッツからは、ポーランド系であることも分かった。

そして私の両親は、ナチスからの逃亡とイスラエル移住を経て「ユダヤ民族」としてのアイデンティティを獲得し、イスラエルを離れたあとも、イスラエル運命共同体の一員であるという意識を持ち続けた。そして私たち子どもは、両親からシオニスト教育を受け、それが功を奏して、子どもたちはやがてイスラエルに移住し、定着するようになる。私一人を除いて。

私はというと、私の「出イスラエル」は、デラシネの始まりとなった。それ以来いろいろな国に行ったが、日本を含めて、根を下ろす作業はまだ成功していない。

私はイスラエルと一歳違いの姉妹だとも言える。私は最初この姉の存在に当惑し、そのあと彼女に親しみを憶え、そして憎むようになり、今では彼女が不正な存在であると考えている。

2　フランスでの生活

フランスに渡った私たちは、パリ六区のポ・ド・フェル通りに、小さな住居《アパルトマン》を借りた。戦争中に

上――2歳ころの三つ子。右から、ルット、アーロン、シュロミット（イスラエルにて）
下――3歳の誕生記念に、親戚や友人たちに配られた新年のグリーティング・カード。右から、シュロミット、アーロン、ルット。

ばらばらにされたユダヤ人コミュニティの一部が、このパリに集結し始めていた。しかしその大多数が、ナチスに家族や財産を奪われ、また強制収容所から助け出された人々だった。私たちを含め、この人々は貧しく、困窮していた。

私たち三人は小学校の夏休みの間、施設に預けられた。フランスには当時、孤児や貧困家庭の子どもたちを収容するユダヤ組織の施設があり、私たちはその一つ「バラの館《シャトー・ローズ》」で過ごしたのだった。

この頃から私の記憶も、形をおびてくる。「バラの館《シャトー・ローズ》」には、普通の日曜日《プチディマンシュ》と特別の日曜日《グラン・ディマンシュ》があった。この二週間に一度の特別な日曜日、私たちは両親の来訪を許可されていた。母はどこで手に入れたのか新鮮な季節の果物を持ってきてくれた。母は生クリームと砂糖をかけた苺を潰して、動き回る私を掴まえて、むりやり大匙を私の口に運び、私はそれをほおばりながら、また遊び惚けたのである。

私は、私たちユダヤ人の境遇には全く気付いていなかった。しかし二週間に一度、寄り集まる親たちは、お互い同士ぺちゃくちゃとしゃべり合っていた。彼らは、この間の戦争中の悲惨な体験を語り合うことによって、同胞としての意識を育て、利害を共有する一つの階層《クラス》を形成していたのである。これは共通の歴史を烙印された階層と言ってもよかった。「バラの館《シャトー・ローズ》」には、何故か知らないが、ポーランドからロシアに逃れ、結局フランスに辿り着いたユダヤ人たちが集まり、消しようもない苦悩の過去を持つこの親たちは、辛い労働で得た駄菓子を、私たちに食べさせていた。

両親と一緒に暮らしていたわけではないから、彼らの苦労は私には分からなかった。母は夜遅くまでミシンを踏んでいたというし、父はぼろ布や紙屑を安く買い入れて、それを売りさばいていた。それでも四人の子どもをかかえて、両親の生活は楽にならず、訪ねてくる時には、私たちに一〇サンチームずつのお小遣いをくれたが、私たちはそれで二週間を過ごさねばならず、このお金ではやっとちっぽけな駄菓子が一つ買えるだけだった。私は「バラの館《シャトー・ローズ》」の中庭で汚いチューインガムの食べかすを拾って、せい一杯きれいに拭って口に入れたのを思い出す。

「バラの館《シャトー・ローズ》」の毎朝の食事はお粥だったが、週に一度出るココア入りのお粥は、子どもたちの大好物だった。それから塩辛すぎるソーセージは大嫌いで、私の分はいつも姉の皿に回したのを覚えている。

原因は分からないが、私の両足に発疹ができ、その治療には暖かい土地がいいということで、私は南フランスのアンダイ・サナトリウムに送られた。これはカソリックの修道尼たちによって運営されており、ユダヤ教徒の家に生まれた私が、キリスト教徒の間に身を置くことになったわけだ。しかし私のユダヤ教徒としての自覚は薄く、その証拠に私はすぐ、キリスト教のしきたりに従うようになった。たとえば毎晩欠かさず、ベッドの端にひざまずいてお祈りを唱え、その「父と子と聖霊の御名において、アーメン」という文句や、心待ちにしていたクリスマスのことなどは、今も覚えている。

私の足は回復し、私は迎えに来た父に連れられて、列車でパリに戻った。私が変わったふるまいをするようになったのを見て、両親は驚いたことと思う。今でも上の姉がよく昔話に持ち出すのだが、しばらくの間、私は毎晩寝る前にベッドの端にひざまずいて、キリスト教のお祈りを唱えていたそうだ。ユダヤ人の家庭では、これは奇異な出来事だった。

私たちは、ブルターニュ地方のアンデリースのコロニーに移された。「バラの館《シャトー・ローズ》」がそこに移転したからである。すぐ傍らには墓地があり、よく葬列が見られ、それを除いては、この景色は私の気に入った。広々とした牧場には牛が草を食《は》んでいたし、ハシバミの木々が実をつけ、私たちはそれをいつも食べ、リンゴ園に入り込んでは、まだ青いリンゴをお腹いっぱい食べて、腹痛を起こし、しょっちゅう叱りとばされていた。

「バラの館《シャトー・ローズ》」で私は再び、ユダヤ教の習慣に親しむようになった。果物の初なりを祝うスコットの祭りのときは、庭に小屋が建てられ、果物が飾りつけられた。私たちはその中で食事をした。毎金曜の夜は、安息日《シャバット》を迎えるため食堂が飾りつけられ、食卓には白いカバーがかけられ、花を摘んできて大きな花瓶にさし、それからシャワーを浴びて、きれいな服に着替えるのである。食事の前には安息日《シャバット》の歌が、フランス語とヘブライ語で歌われた。しかし私たちはヘブライ語を知らないので、その歌のヘブライ語の意味は分からなかった。今考えても不思議なのだが、ユダヤ人の寄宿舎なのに、私たちはヘブライ語を教えられなかったのである。

私たちはこの「バラの館《シャトー・ローズ》」から、地元のフランス人小学校に通うようになった。朝学校に出かける前に、背のうに弁当を入れてくれるのだが、それは二切れのパンの間にチョコ棒をはさんだものだった。

この学校では、女の先生が小さな棒を使って、数の計算を教えていた。良くできる生徒は、小さい厚紙に「1」と書かれたカードをもらい、それを一〇枚集めると、先生から聖像画をもらうことができた。私はどうも良い生徒ではなかったようだ。一年間に一枚しか聖像画をもらえなかったからだ。やっと一〇枚目のカードを手に入れて、画と代えてもらった時には、残りの九枚のカードは、もうぼろぼろの状態だった。

九歳になった時、私たちはパリの両親の許に引きとられた。家はすでにパリ二区のクレリー通り

上――フランスで、ユダヤ人施設「バラの館」に預けられていた７歳ころの三つ子。右から、ルット、アーロン、シュロミット。
下――同じころ、パリに住んでいた両親。

に移っていて、その界隈には多くのユダヤ人が住んでいた。私たちの家は七階建ての老朽住居《アパルトマン》の最上階で、一部屋は階段の傍にあり、ここを食堂にして、もう一部屋は廊下の突き当たりにあり、ここは私たち家族六人の寝室になっていた。どちらも猫のひたいのような小へやで、シャワーもトイレもなく、シャワーは、母が食堂の流しで湯をつかわせてくれ、トイレは階段の一隅の共同便所をつかうようになっていた。

私は同い年のシュロミットと、家の近くの公立女子小学校に通うことになった。フランスの公立小学校は共学ではないため、アーロンだけは男子校に通ったのである。

私の両親は、東ヨーロッパのユダヤ人の言葉であるイーディッシュ語を話し、フランス語はあまり得意ではなく、そのため私たちの勉強を見てくれることはできなかった。小学校では、毎月小さな試験があり、その結果を家に持ち帰って親がサインをすることになっていたが、私たちの家では、上の姉が父の筆跡をまねてサインをしてくれた。しかしやがて私が父のサインをまねられるようになってからは、これは私の仕事になった。

母はミシン踏みの仕事があったし、家事に追われ通しだった。そして私たち子どもは、どこにでも見られるような騒がしい毎日を送っていた。一日中けたたましく、廊下を走り回り、隣家に入りこみ、出会いがしらに誰かれなく突きとばし、トイレの水を流しっぱなしにし、歌い、わめき、騒いだ。

ある夏、私たちがユダヤ人の子どものための林間学校から戻ると、家が引っ越していた。新しい家は今までより二部屋多くて、しかも今まで七階の階段を昇ったり降りたりしていたのに、今度は二階で、台所もトイレもある所で、私の目にはまるで宮殿のように思われた。しかしこの宮殿は、大

6歳ころの三つ子（フランスの田舎にて）。著者は左。

へんなボロ家で、屋根には穴があいていて、雨が降るとあっちこっちにバケツを置かねばならなかった。しかし家賃はタダ同然の、三ヵ月で四五フランだった。

私たちの引っ越し先のルヴァロアは、パリに近接した工場の街であり、共産党の拠点でもあった。ここにはシトロエンの自動車工場があった。両親は朝早く、パリの中心にあった布地店に出かけ、夕方帰ってきた。彼らは、よく知りもしないのに、共産主義と共産党を憎悪した。それは前に述べたとおり、ソ連での逮捕と労働収容所への連行といういまわしい記憶のせいだった。

その頃、伯母アンナの家で結婚式があった。その前年に彼女の息子が二八歳で心臓病で亡くなっており、後には嫁と八歳の子どもが残されていた。この嫁はもともと、キリスト教徒のフランス人で、ユダヤ人ではなかった。そして彼女は、結婚する時にユダヤ教に改宗したのである。しかし伯母は、改宗してユダヤ人になった者を信じていたわけではなかった。伯母は、息子の死のあと自分名義の住居《アパルトマン》から嫁と孫を追い出して、新婚の娘夫婦をそこに住まわせたのである。当時伯母はそんなに生活のゆとりがあったわけではないけれども、この事件は、私にとっては恥しらずな行為に映った。それに私はこの伯母に好感を持っていなかった。というのも、私の家に訪ねてきたときに、甘いもの一つ持ってきてくれたことがないからである。

この伯母は、ポーランドで親の肉屋で働いていた男と、若くして結婚し、子どもが二人生まれて、大戦直前にフランスへ脱出し、離婚したあとフランスで出ているイーディッシュ語のユダヤ新聞『われらの言葉《ウンゼル・ヴォルト》』の告知欄で知り合った金持の男と暮らしている。しかし結婚はしていない。財産の問題があるためだ。

3　ユダヤ教

家では食事はすべてコシェル（ユダヤ教の定める食事）だった。コシェルの食事は、肉と霊の浄らかさを維持するためのものだと教えられていた。その料理の組み合わせには、二つあった。一つは乳製品、もう一つは肉料理である。そして肉を食べながらミルクを飲むのは、もってのほか、信心深い人にとっては、とんでもない冒瀆行為であった。

私自身は、こんなきまりやしきたりは、ばかげていると思っていたが、家事をとりしきっているのは母であり、このことについては母が絶対の権力を持っていたので――私の家では宗教的ペースメーカーは、父よりも母だった――母の作るものしか口にすることはできなかった。両親はコシェルの肉屋で肉を買っていた。そのためフランス人の肉屋と比べると、二倍も高い肉を買うことになり、暮らしは一層困窮することになった。

コシェルの肉が作られるのを見た上の姉が話してくれたところによると、そのやり方は次のとおりである。ラビが、羊や牛の首から血を抜いて、解体された肉の前に進み出て、ヘブライ語でお祈りを唱え、「コシェル」と彫ってあるハンコを肉に押す。たったそれだけのことだというのである。

今でも私の両親はコシェルの食事法を守っているが、上の姉は、これにはほとんどこだわっていない。ただ私と同年のシュロミットは、夫が九代続いたエルサレムの旧家出身のため、厳格にコシェルを守っている。

コシェルを守る人間は、蹄の割れた動物や、反芻しない動物の肉は食べない。そして食べる時には、その動物の喉を切って殺さなければならないし、そのあともいろんなきまりがある。まず肉に塩をふりかけ、七時間放置し、そのあとを洗い流す。これではすっかり風味が抜け、味もそっけもなくなってしまう。レバーも同じように扱うのだから、全く食べられたしろものではない。靴底のように堅く、汁も出てこない。貝やエビは、うろこがないから食べることは禁じられている。これはすべて聖書に書いてあるのだ。

親に内緒で初めてムール貝やカキやエスカルゴを食べた時、そのおいしさに私は神をうらんだものだ。宗教というものは、功徳を施さず、いつも人間を苦しむようにしむけるのだ、という考えを、私は一層強く抱いたものだった。

ところでアイザック・ドイッチャーは、厳格なユダヤ教の家に生まれ、一三歳でラビのテストに合格する神童だったが、彼がラビ・テストに発表した論文がコシェルに関するものだった。キキヨンという伝説の鳥がいる。七〇年に一度飛び立って、そのとき一回だけ唾を吐くのだが、この唾は万病を治す力があるという。ドイッチャーの論文は、この唾がコシェルかどうかというものだった。彼は後に、これが実に馬鹿げた研究で、人間と世界のために何の役にもたたなかったと述懐しているのだが。

金曜の晩、宵の空に星が三つ現われる時が、安息日《シャバット》の始まりである。これは聖書に記されているのだが、現代では、窓から頭を出して、三つ星の出現を確かめるには及ばない。両親の読んでいるイーディッシュ語の新聞には、金曜日ごとに、安息日《シャバット》開始の時間がちゃんと書かれており、それに基づいて燭台に火を点ければいいことになっているからだ。

金曜の朝、母はスープの準備を始める。スープは何時間も煮つめなければならない。スープ鍋を火にかけながら、母は家の掃除を始める。銀の燭台をたんねんに磨き、食卓に真白い布をかける。そのあと母は、前菜料理として、まずゆで卵をつぶして、細かく刻んだ鶏のキモと、玉葱を加え、少量の油でよく混ぜ、塩コショウを加える。また母は、とびきりおいしい菓子を作った。母の両親は、ポーランドでパン屋兼お菓子屋だったので、長女だった母は、毎日両親の店を手伝っていたのだ。食卓に安息日《シャバット》用の銀の食器（この食器は母が二〇年間使っているものだった。そして私が日本に発つ時、母はそれを私にそっくりくれた）が並べられると、父が仕事から戻る前に、皆が入浴を済ませるのだ。

この日の父の帰りは、いつもより早い。父は帰るとすぐ入浴し、礼服に改めて、お椀帽を頭に被り、祈禱書を手に取る。父は年をとるとともに、このお椀帽を離さなくなるのだが。

そこで母がローソクに火をともす。それは五本の枝に分かれた燭台でメノラーという。近所に住むのはキリスト教徒のフランス人ばかりなので、うわさ話を気づかってだろうか、母はいつも二重にカーテンを閉めて、お祈りを唱えた。祈りの時、母は肩かけを頭から被り、両手で目を覆って祈った。母はまた誓いの言葉を述べるのだが、口の中でモグモグ言うだけなので、何を言っているのか、私には分からなかった。お終いに母が大きな声で「ウーマイン」（アーメン）と唱えると、皆も唱和しなければならない。

それから父が、大声で安息日《シャバット》の祈りを唱え、みんなそのまま起立している。この祈りの文句も、私たち子どもには全く理解できなかったので、儀式は退屈きわまりないものだった。後年、父はそれほど宗教的でなくなったのか、テレビを見ながらお祈りをあげるようになったが、おかげで私たちは、少しは退屈をまぎらわせるようになった。というのもお祈りは、少なくとも三〇分は続いたのだから。それから食事が始まるのだが、これも一時間以上続く。前菜を食べると、ライスにスープを注いだものを食べる。そして牛肉（コシェル！）と輪切りの黒大根、デザートと続くのである。

4　イスラエルへ

一一歳のとき、私はイスラエル国籍からフランス国籍に変わった。しかしこのことの持つ意味を、私はほとんど理解していなかった。フランスに来て七年近く経ち、フランスの小学校に入っていた私は、自分がまだイスラエル国籍を持っているのか、それともポーランド難民なのか、意識したことはなかった。家でフランス人になったお祝いをした覚えもない。手続きはすべて親がやっていたし、フランスでは身分証は一八歳から持つので、自分の国籍を意識することなど、不思議なくらいなかったのだ。私は家のドアを開けて外に出るとフランス語を話し、フランス人としてふるまい、家に戻るとイーディッシュ語を話し、ユダヤ人として育てられた。しかしイスラエル人として自分

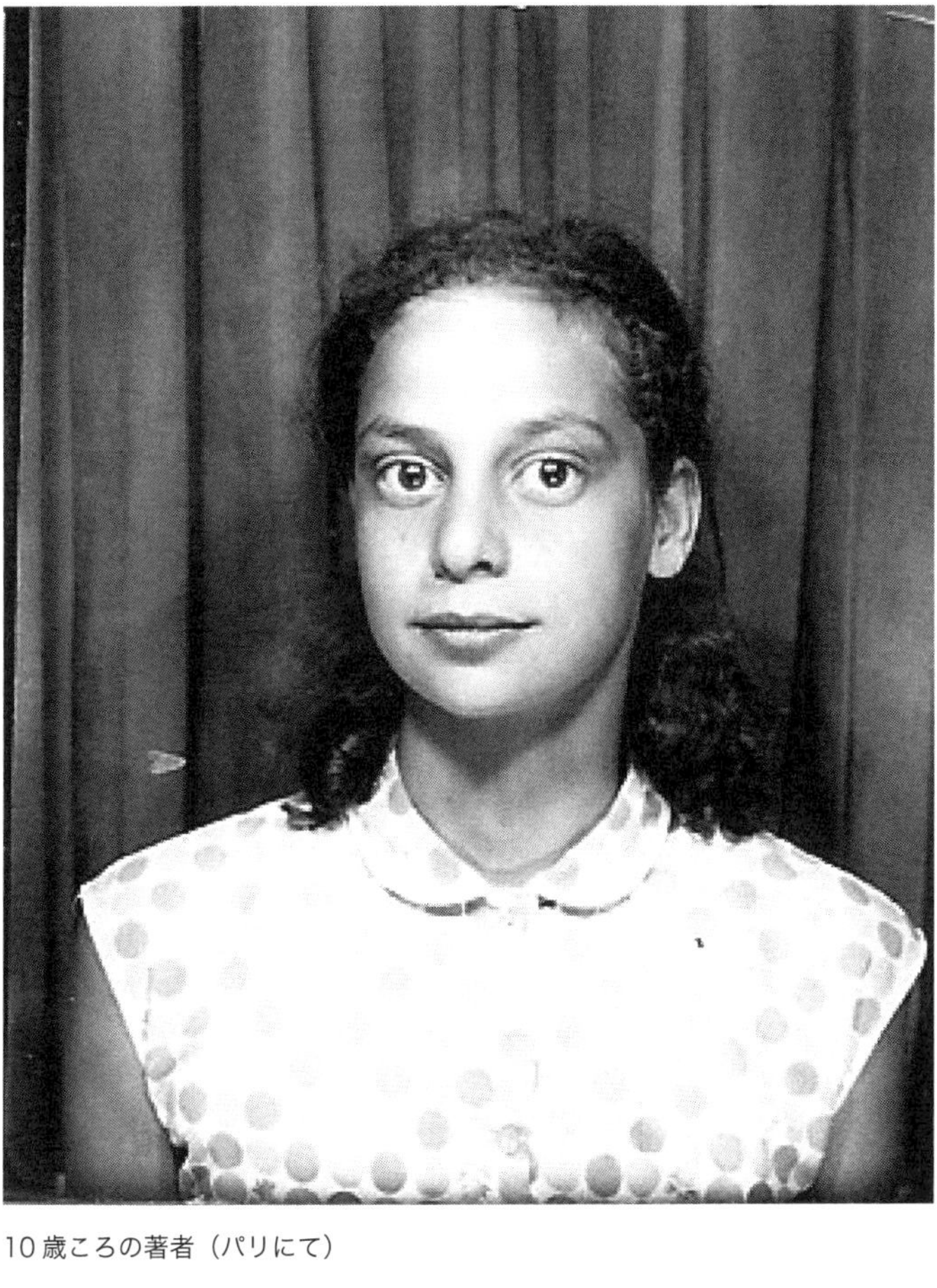

10歳ころの著者（パリにて）

を感じたことは一度もなかった。

しかし私の家族は、イスラエルに強く結びつけられていた。親戚でイスラエルに住む人も多くいたし、父のイスラエル行きの熱は再び高まっていた。

一三歳から毎年夏休みを親とともにイスラエルで過ごすようになった。しかし、いつも銃を肩にしている兵隊や軍用車や、いたるところにはためいている国旗や国境や鉄条網、チューインガムや素焼きのタイコを売るアラブの少年たち、そしてほかにも胸をしめつけられる多くのものを眺めてきながら、なぜ私がそれらの意味を理解できなかったのかを思うと、無性に腹立たしい。何を見ても、これっぽっちも疑問に思う気持は起こらなかったのだ。私はユダヤ人シオニストの間で成長した一人の少女だった。そこではシオニストの言動はすべて正しく、批判の余地はなく、たとえ疑問に思っても口をはさむことはできなかった。悪いのはいつも他の連中だった。要するにユダヤ人にあらざるものはすべて敵であり、たとえユダヤ人の友だという者であっても、彼らがわれわれの友であるのぱ束の間にすぎぬから、決して心を許してはならぬ、と教えられていたのである。

イスラエルは、当時西欧では、「奇跡と正義の国」と宣伝されていた。さらに私の家では、イスラエルは「祖先」たちの「約束の地」であり、ナチスの大虐殺のあとユダヤ人に希望の灯をともす国であると教えられ、その地に以前から住んでいて、追放された人々のことは、単に野蛮で邪悪な連中と片付けられていた。

一四、五歳の頃、両親は私たち姉妹をベタールに入れた。ベタールというのは、右翼過激派シオニズム（正式にはシオニズム改訂派）のユダヤ人青年運動で、その政治路線は、現在のイスラエル政府与

上——13歳ころの三つ子(ルヴァロアにて)。著者は左。
下——ユダヤ教の成人式でのアーロン(パリにて)。

党リクードと同じである。毎週木曜日と日曜日には、私たちは制服を着て、本部に出かけた。紺のスカート、シャツ、兵隊帽と空色のネクタイ。そこではイスラエルから派遣された指導教官が「善きシオニストたる術」を私たちに教える。そしてイギリスとアラブとの戦闘で倒れた彼らの「英雄」の物語をしてくれる。一度このベタールの旅行で、イタリアのヴェニスで夏休みを過ごしたことがある。なんと退屈なヴェニスの一ヵ月だったことか。楽しいことはなんにもなかった。私たちは、炎熱の陽ざしの下を行進させられたり、球技をさせられたりした。

私たちは「教育」され「頭の掃除」をされ、いつの日かイスラエル国家に「同化」するための準備をさせられた。私たちはよきシオニストの範を授けられたのだ。

この時以外にも、私はよくベタールから、パリ郊外へ遠足に出かけた。本部の集会はいつも軍隊式の儀式で始まり、ベタールの歌の合唱がある。その歌たるや「ヨルダン川の西も東も、われわれのものだ……」(旧約聖書に書かれた大パレスチナ全域がユダヤ人のもの)という内容だった。最後はいつも軍隊式の敬礼で終わる。まるで兵営にいるようだった。それでも私にとっては、両親と一緒に家にいるよりはましだった。

やがて一七歳になろうとする頃に、イスラエルに住む従姉《いとこ》がやってきた。彼女は数ヵ月わが家に滞在しただけだったが、毎日イスラエル大使館に遊びに行って、そこの職員と友だちになっていた。ある日従姉は、私たちの家のすぐ近くに住んでいる、イスラエル人の友人モシェのところに、姉のシュロミットを連れて行った。モシェはイスラエル政府の役人として、大使館で数年間働いていたのだが、近くイスラエルに帰る予定になっていた。姉とモシェがつき合っているのを知った両親は、

17 歳を迎えた著者と父親（パリにて）

大急ぎで二人を婚約させた。一方兄は、ベルギーに働きに出かけた。

二人の紹介で、私はモシェの仕事仲間でアラブの国出身のセファルディのウリと知り合った。私は彼とよく出かけることになった。そのうち私は、学校をやめたいと考えるようになった。兄と姉の自立に影響されていたためだし、もう学校へ行くこともないように思ったからだ。私は姉とモシェをオルリ空港に見送った。一七歳の私が独り、両親と暮らすことになった。私はベタールをやめた。私のような娘には、もう面白くなかったのだ。私は学校もやめた。もう大分前から、学校は私に何も大切なことは教えてくれなくなっていた。

ウリの協力によって、私はイスラエル大使館に職を得た。だがそこも、私は気に入らなかった。周囲がイスラエル人ばかりというのは、何かゴツゴツしていて、職員は動作も言葉づかいも乱暴で、私の好みに合わなかった。当時の私は、かなり内気だったし、それにそれが初めての仕事だった。計算したり、手紙をタイプに打ったり、時には電話の応対もするのである。

私は無能だという理由で、一ヵ月でお払い箱になった。私は内心、結構うれしかった。私はすぐにフランス人の店に仕事を見つけた。それは時計の卸商で、お客は時計屋ばかりだった。上の姉が以前、数年間そこで働いていたので、喜んで私を雇い入れてくれたのである。そこの方がずっと働き心地がよかった。雇い主は大変神経質な人だったけれども。

やがて一九六七年六月の中東戦争が勃発し、パリでもイスラエルを支持する大きなデモが起こった。そのころ二人の姉はイスラエルにいたし、その小国が本当に危機に瀕しているように私には思えていた。道を散歩するにも小さなラジオを持ち歩き、昼も夜もラジオを耳もとから離さなかった。

私の父は上の姉に、せめて子どもだけでもパリに脱出させるようにと国際電話をかけたが、姉はすでに自分をイスラエルの運命共同体の一員と見なしていたし、それに子どもを脱出させる話が進む前に、戦争が終わってしまったのである。私は、もちろん姉の家族が気がかりであることもあったが、一番の心配は、この夏のイスラエル旅行がフイになりはしないかということで、そのため、イスラエルが戦争に勝ったニュースが伝わったときのことも、たいして覚えていない。

一方私とウリの交際は、だんだん疎遠になっていった。両親は、彼は「オリエント系、つまりアラブ系ユダヤ人」だから、それよりも「われわれと同じ」ユダヤ人（つまり白いユダヤ人）に属する男を見つけた方がいいと言い続けていたし、私も知らず識らずそれに影響されていたのだ。

私はまもなく、ポーランドからやってきたばかりのユダヤ人青年キャロルと知り合うようになった。私は彼が非常におとなしい青年だったので、すぐ親しみを覚えるようになった。彼は私より九歳上で、テレビの工場で働いていて、休みのときは、ユダヤ人家庭のテレビを直して、小遣いを稼いでいた。彼は一人でパリに来ていたのだが、お金を貯めて家族をパリに呼びよせたいと考えていたのである。

彼のことを聞いた両親は、テレビの修理のために彼を呼んだ。私たちのテレビは、いつも壊れていたのである。彼と親しくなった私は、彼から、ワルシャワのこと、亡くなった彼の母親のことを聞いた。ポーランドの方が、パリよりもはるかに、人間の連帯感が強いこと、ポーランドでは働きながら学べるが、パリでは食うだけのために、ヘトヘトになるまで働かねばならないことなどを、彼は話した。彼はパリのユダヤ人のケチさかげんを嫌っていた。そのため彼は、私の両親をいいユダヤ人と考えた。なぜなら私の両親は彼をかなり援助するようになったからである。両親は縫製の仕事場を持っていたので、そこに彼を住まわせることにした。彼の弟がパリに出て来て、両親の店を見たとき、私たちを裕福だと思ったらしいが、それはフランスとポーランドの生活水準が全く違っていたからで、弟の方も早々に幻滅を味わったようだ。やがてキャロルは小さな住居《アパルトマン》を見つけて、弟とそこに移り住んだ。

彼の友人は皆ポーランド人で、その言葉は私にはよく分からなかった。そして私はシオニズムかぶれで、キャロルをよく悩ませたし、彼の方はポーランドの文化のすばらしさばかりを私に語っていた。私はかなり移り気な性格だったし、彼は九歳上ということもあり、私に対して先輩風を吹かせるところがあった。私たちのお互いの気持は、少しずつ離れていった。

やがてパリの五月革命（一九六八年）が始まった。でもあいにく私の仕事場では、誰一人「革命」を起こそうとはしなかったし、当時の私はそれほど政治意識を持っていなかったので、私は毎日わびしい気持を抱いて、仕事に出かけていた。しかし私は次第に五月革命の熱気に巻き込まれていった。そしてベルギーでダイヤモンド加工の仕事をしていたアーロンが、パリに戻ってきた。彼は私に彼の友人たちを紹介した。彼らは学生たちだった。その内の一人が、占拠されたオデオン座やソルボンヌ大学に私を連れて出かけた。当時私は、その革命の意味を正しく理解していなかったが、私も旧態依然たる毎日の生活に、息づまる思いをしていたフランス人の一人に他ならなかったので、少なくとも一つのことだけは理解していた。私も鎖から身を解き放ちたかったということだ。私は一九歳になったばかりだった。

初めて革命に接したときのことは、今でも忘れはしない。私の仕事先はレパブリック広場にも、カルチエ・ラタンにも近かった。私は仕事が終わるとすぐ、そこに出かけて行くようになった。広場では群集が、叫んだり歌ったりしていた。至るところに山のようなチラシがあった。警官隊が催涙ガス弾を放つので、涙でぐしょぐしょの顔をして、私は熱に浮かされて町を歩き回った。私はオデオン座の泊まり込みにも参加した。これほどパリが身近に思えたことは、今までなかった。六八年の五月、街に煙がたちこめ、誰もかれもが発言し、資本家たちは姿を消していた。

私の勤め先では、雇い主が、この「無秩序」は一体いつ終わるのかと、不平のこぼしづめだった。彼は自分の財産を心配していたのだ。彼はゲイ・リュサック通りに住んでいたが、そこでは学生や労働者が、舗道の敷石をはがして投げつけていた。私の雇い主は、自動車を傷つけられはしないか、家財を略奪されはしないかと恐れていたのだ。

だがやがて五月革命も終わってしまって、実際には大して変わったこともなかった。私はキャロルとの交際を断った。私はイスラエルに住むことに決めた。このイスラエル行きは、思想的な理由によるものではなく、単に親から自立する手段として選びとったのだった。今でもイスラエルに渡る欧米のユダヤ人の若者は、おおむねこのような理由で行くのである。

すでに私は、両親の話が私を動かすという時代を過ぎていた。子どもが四人いるときは四人で一つの世界をつくれるからよかったのだが、やがて姉たちとアーロンが家を出ていった。

三つ子の時代は終わり、私一人が両親のもとに残された。両親に若い娘の欲求を理解できるはずもなく、それに自由主義の一かけらもなく、一にも二にも古くさい宗教教育を受けていたから、私と両親の間の断絶は、次第に深刻になるばかりだった。

私は両親の信じる宗教を好まなかった。いや私は宗教全体を好んでいなかった。大体が神など信じたことがない。ユダヤ教の「贖罪の日《グラン・パルドン》」は断食を義務づけているが、私は断食などしたことがなかった。

さらに私の目に焼きついた五月革命の出来事は、私を自分の解放へとかりたてたのである。夏の休暇が近づいて、例年のようにイスラエルへ出かける準備が始まったとき、私は雇い主に、仕事をやめるつもりだと報せた。両親にも、休暇が終わってもイスラエルに留まるつもりだと言った。その件について私たちは長々と話し合った。

両親にしてみるとこの話は、痛し痒しなのだ。私がイスラエルに住むことになれば、私が「非ユダヤ人《ゴイーム》」の男と結婚する心配はなくなる。そんなことになったら、一家の面汚しなのだから、それが避けられるとなるとありがたい。しかし結婚前の娘を一人で発たせるのは、聞こえのいいことでもないし、おまけに町に住まわせるとかなり高くつきそうだ。

両親の心配をかわすために、私はキブツに入ることを決めていた。これでお金の問題は片がつくわけで、私は経済的に親に依存する必要がなくなる。しかしキブツというのも、両親にとっては、かなりいかがわしいものに映っていた。共同体《コミューン》はコミュニズムに通じるし、第一われわれは都会人であって、田舎者ではないのだから。そこで両親は私に「いつまでもキブツの生活を続けず、キブツのメンバーとも結婚しない」という条件つきで許可を与えた。

こうして私たちはイスラエルに飛び立った。両親は休暇を過ごすために、私は移住のために。

第四章

裏切りの地

1　キブツの生活

一九歳の夏、私はパリからイスラエルに着いた。イスラエルはその誕生から二〇歳を過ぎたところだった。それは雲一つない、白い岩石と、緑の沃野と、糸杉の世界だった。空気はピンと乾燥し、澄み切っているため、はるかに遠方まで見渡せ、そのため遠近感がまるでつかめない。見事な輪郭を持つモスクの尖塔や、十字軍の遺跡が、一体五キロ先なのか一〇キロ先なのか、見当もつかないのである。太陽は朝、ものすごい光を伴って突然現われ、そして一日中、さえぎるものもなく真上に照り輝き、そして夕べには灼熱の球形となって、地平に落ちる。

このような自然には、一神教がふさわしいもののように、私には見えた。しかしそれは私の着いた季節が、すでに冷たい雨の冬も、花々を大地に満たした春も通り過ぎた夏だったからであると、後に私は思い至るようになった。

実際、沃野には、多神教がふさわしい。私が自分の祖先であると教えこまれてきたモーセ配下のヨシュア将軍が、古代ヘブライびとを率いて、ヨルダン川を越えてこの地に攻め入った時、このカナンの地の人々は、多神教を信仰していた。それは豊かな自然の中の豊饒の神々だった。しかし私が学び育ったユダヤ史は、私たちの祖先がこの地に来る以前のことは、一切ふれていなかった。私たちユダヤ人にとっての世界史は、神がこのカナンの地をアブラハムと彼の子孫に与えるという、かなり手前勝手な託宣を行なったときに始まる。しかし、新参者のアブラハムは、自分の小さな一

郵　便　は　が　き

料金受取人払

渋谷局承認

2046

差出有効期間
2008年11月20
日まで
（切手はいりません）

1 5 0 - 8 7 9 0

0 2 1

（受取人）

東京都渋谷区桜丘町十五の八
高木ビル二〇四号

現代企画室
行

1508790021　　17

■お　名　前

■ご　住　所　（〒　　　　　　　）

■E-mailアドレス

■お買い上げ書店名（所在地）

■お買い上げ書籍名

■図書申込書■

小社の刊行物のご注文にご利用ください。その際、必ず書店名をご記入ください。

現代企画室
TEL 03(3461)5082
FAX 03(3461)5083

地名	
書店名	
書名	
	( )冊
	( )冊

ご氏名／ご住所

通信欄

■本書への批判・感想、著者への質問、小社への意見・テーマの提案など。ご自由にお書きください。

■何により、本書をお知りになりましたか？
書店店頭・目録・書評・新聞広告・
その他（ ）

■小社の刊行物で、すでにご購入のものがございましたら、書名をお書きください。

■小社の図書目録をご希望になりますか？
はい・いいえ

■このカードをお出しいただいたのは、
はじめて・ 回目

族が、そんな神の約束をふりかざしたところで、そこに昔から住んでいる人々に追い出されることぐらい、ちゃんとわきまえていた。そこで彼は自分の妻サラが死んだとき、ヘブロンで墓所にするための小さな土地を買い求めただけだったのである。

この地が飢饉に襲われたあと、エジプトのナイルのデルタに移住した人々の子孫という一族を連れて、モーセがシナイ砂漠を横断し、その過程でユダヤ教という一神教を確立し、そしてカナンの地に侵入する機会をうかがいながら、この地を迂回した。指導権がヨシュアに譲られた後、ヨシュアはこの地に侵攻し、略奪と殺戮をくり返しながら、領地を広げていった。このようにしてカナンの地の長い歴史の中に、短いユダヤ史が、書き加えられることになったのだ。

もちろん、自分の家族からの解放だけを求めてきた私にとっては、ユダヤ史はそう細かく吟味する対象ではなかった。私の青春は五月のパリに始まり、そしてここでは、太陽と風とオレンジと、そして素敵な男たちがいさえすればよかった。それに私の髪の毛さえも、乾燥した空気の中では、パリとは見違えるぐらいに輝きを帯びていた。

私はテルアビブから北に一〇キロほどの所にある「スドット・ヤーム」というキブツに入った。この名は「海岸」という意味で、実際地中海に面した砂浜に創られたキブツだった。このキブツのメンバーは、セファルディだった。つまり、その人たちは、カナンの地を出てスペインを経、北アフリカやアラブの国々から移住してきたユダヤ人であって、両親のことばでいえば、「私たち白いユダヤ人とは違う人びと」なのであった。さらにこのキブツの人々は、昔のフランスの植民地から来ていたため、ほとんどがフランス語を話せた。私がこのキブツを選んだのは、そのためである。

セファルディのキブツは、イスラエルでは概して貧しいのだが、このキブツも例にもれず、近代的設備も、工場も持たなかった。人口は二〇〇人ほどで、そのうち私のような外国人ボランティアは五〇人ほどだった。私たちは木造りの長屋に二人一組で住み、食堂は小さかった。エア・コンディションもなく、皿は手洗いだった。しかしキブツに入るのは初めてであった私は、どのキブツもこんなものだと思っていたので、別に気を腐らせることもなかった。

私は毎日三時間ほどヘブライ語の基礎の授業を受け、そして残りの時間、労働についた。私のした仕事は次のようなものである。皿洗い、食事の食器並べ、児童棟での朝食の用意、子ども部屋の掃除、そして夜回りなど。子ども部屋の夜の仕事はつらいものだった。当時の私は、かなりの怖がり屋だったからである。私はここで三ヵ月過ごし、ヘブライ語の初級コースを終えた。

一九六九年二月の初めに、私は第二のキブツに移った。それはイスラエル北部のハイファの近くにある「エナショフェット」と呼ばれるキブツだった。ヘブライ語で「防衛者の泉」という意味である。キブツのメンバーの大半はアメリカ出身で、ヘブライ語のコースだけでも、「アレフ(初級)」から「ギメル(上級)」まであり、各国からのボランティアだけで一〇〇人、キブツ人口は七〇〇人にものぼった。私はここに来て、一口にキブツと言っても、いろいろ貧富の差があることを知った。ここは豊かで近代的な大キブツだったのだ。

食堂は大きく、エア・コンディションがきいていた。台所には大きなシチュー鍋がいくつもあったが、それらはハンドルを使って、前に傾けられるのである。床は石造りで、床も鍋も水道の水で洗う。オムレツや目玉焼きを作るためには、テーブルの大きさほどもある大きな電熱の鉄板があり、その上で何十個もの玉子料理ができた。超モダンな台所だったので、後片づけも機械がやってのけた。皿を一枚一枚たてかけ、コップは逆さに置いて、残りは金網のカゴに入れて、あとはスイッチを押せばいい。七〇〇人分の食器が自動的に蒸気と乾燥機を通り抜けていくのである。自動式になっていないのは、食卓に食器を並べることぐらいだ。

ここでも私はいろんな仕事をした。梯子によじ登って、桃の採り入れもした。葉蔭に顔を隠して、採りたての桃をつまみ食いしたりするのだが、そのおいしかったこと。暑いので、作業中はふつう、ショート・パンツに袖なしブラウスといった、キブツ支給の軽装だ。ボランティアの女の子の中には、ビキニの水着の上にショート・パンツ姿といったのが多かったし、男の子はみんな上は裸だった。しかしこの格好は、桃の採り入れにはあまり適していなかった。なぜなら桃の細かい毛がチクチク刺すので、ひっきりなしに身体を掻きむしることになるのだった。そのため桃の採り入れは、かなり不愉快な仕事なのである。

私はリンゴの採り入れもやった。私はよくへばったが、これはフランス人にはよくあることで、このキブツではフランス人は怠け者ということで有名だった。私は疲れると、リンゴの木の蔭に腰を下ろして、リンゴを食べた。オレンジやグレープフルーツの採り入れもあったが、いずれに場合にも、はさみを使って摘んで、腰に結びつけた大きな袋に入れ、いっぱいになると、トロッコのような箱に入れるのである。はさみを使うのは、手で果実をむしり取ると、実のつけ根がとれて、売り物にならなくなるからである。

私はそのほか、工場でも働いた。というのはこのキブツは釘を作る工場を持っていたからである。

だが私は工場にはそう長くはいなかった。工場での労働は、実に退屈だったからだ。

私は養鶏の仕事もした。卵を集め、鶏にエサを与え、鶏舎の掃除をし、ひよこを調べる。この仕事のときは、私はたいてい、スラックスにドタ靴をはき、頭に布の帽子を被っていた。ほこりだらけになるし、羽毛が身体にいっぱいつくからである。

鶏を売るために、木箱に入れる仕事もあった。捕まえるのにコツが必要で、片手に一羽ずつ、脚を持って捕まえなければならない。このブロイラーは、私の見たこともないような大きな鶏だったので、重いし、暴れるし、慣れるまでは一苦労だった。一度鶏の爪が手に食い込んで、治るまでに何日もかかったこともある。

私は、それまでずっと、馬に乗ってみたいと思っていたが、その夢もキブツでかなえられた。フランスでは、乗馬は非常に金のかかるスポーツなので、私には手が届かなかったのだ。

このキブツには、牧場があり、そこで働くフランス人の青年がいて、よく私に仕事の話をしてくれた。牛が牧場の草を食べている間、馬に乗って見張りをして、牛がどこかに行ってしまわないように気を付けるのが、彼の仕事だという。私は彼に、馬に乗りたいという希望を告げた。聞くところによると、かなりきつい仕事なので、あまり希望者はいない。だから馬に乗れると言いさえすれば、その仕事にありつけるということだった。私は彼に会うたびに、馬に乗りたいとせっついた。

ある日、私が食堂から出ようとすると、彼が走ってきて、相棒が病気になってしまったので、私が牧場で働けるよう、許可を得てきた、と言う。私は大喜びで、彼にフランス式のキスでお礼をした。

もちろん私は、一度も馬に乗ったことはない。しかし私の相棒は心得たもので、鞍を置いてくれ、

「俺について来い。別に難しいことではない」と言った。馬にまたがった瞬間、私は後悔し始めた。私は二階のベランダの柵に腰を下ろしたような気になったのだ。でも仕方がない。私はそれから数時間乗りづめで牛の間を動き回って、群を離れる牛に、ギャー、ギャー怒鳴り散らしたものである。

仕事のあと、私はシャワーを浴びて、翌朝まで死んだように眠り続けた。一週間以上、尻が痛んで、椅子に座るのもやっとだった。私は、今まで牧場の経験を悔んだことはないが、二度と繰り返そうとは思わない。

キブツの食事は、素晴らしかった。私は以前、キブツで過ごすと、誰でも太ると聞いていた。確かにキブツの女性メンバーの多くは太っていたが、私は自分だけはそうならない、と思っていたのである。フランスでの私の体重は、五〇キロで、最初のキブツでもこれは大して変わらなかった。貧しいキブツだったからだろうか。

キブツ・エナショフェットでの食事は、ざっと次のようなものである。朝食のサラダは自分でこしらえる。テーブルの上のかごの中には、大きなキュウリやトマトやピーマンがある。ヨーグルトも、パンも、脂肪に富んだ白チーズも、上等のバターも、好きなだけ食べてよい。昼もサラダを作り、おまけに係の人がワゴンに載せて、じゃがいもと肉料理をもってくる。デザートは、採りたての果物だ。四時には自分でおやつを作る。パンにバター、チーズ、ジャムと、ありったけのものをのせてほおばるのである。夕食の献立ては、ほぼ昼食と同じだ。このように言えばもう御推察のとおり、私は二つめのキブツで一〇キロも太ってしまった。

2　隠された現代史

体重の問題は私を悩ませたが、それでも私が自由であり、パリの状況とは全く違う世界に自分の身を置いているのは確かだった。

このまま過ごせば、私は良きイスラエル人として結婚し、子どもを「残虐なアラブ人」との戦争に送り出していただろう。しかし予期せぬ出来事が起こった。一人の日本人との出会いである。彼はキブツ・エナショフェットのウルパン（語学学校）に来ていて、ヘブライ語を学んでいた。そして私の隣の席だったのだ。

私は日本語が分からなかったし、彼はフランス語が分からなかったので、私たちの会話は覚えたてのヘブライ語だった。今もって不思議に思うのだが、私たちは三〇〇か四〇〇の単語力で政治討論をしていたことになる。しかもイスラエルのパレスチナ人キャンプの爆撃の話題などになると、夜更けまでほとんど掴み合わんばかりの激論となるのだ。

この日本人リュウイチは、ヘブライ語学校に来る前は、共産党のキブツにいて、そこで反シオニストのラカハ共産党の人々やイスラエル社会主義機構（マッペン）と交流し、パレスチナ史を学んでいた。そしてこのキブツに来る直前に、エルサレムのヘブライ大学で反シオニズムの写真展をやってのけていた。彼はこの過程で出会った友人たちを、私に紹介し始めたのである。

かといって、私たちは最初から政治的な出会いをしてわけではない。エナショフェットに来たばかりの私は、孤独だった。そして彼は、私の隣の席だったが、ほとんど話をしなかった。彼を友人として紹介してくれたのは、フランス人のボランティアの女性だったと思う。彼との最初の話は、写真の話ばかりだった。なぜなら彼は、エルサレムのヘブライ大学で写真展を開いてきたばかりだったからだ。少しずつ私はこのもの静かな日本人を好きになった。しかし私は、私の中の偏見と四六時中争わねばならなかった。彼はユダヤ人でもなければ、白人でもなかった。彼とつき合ったら、両親や兄弟全員から私はつまはじきにされてしまう。私はそれが恐しかった。私は両親や宗教からの自由を求めていたが、ユダヤ人共同体社会からの自由は求めていなかった。だから私は、ヘブライ語のコースが終ったときに、自然な形で彼と別れるつもりだった。

三月の末、コースは終り、彼はそのままキブツに留まり、もうしばらくヘブライ語の勉強を続けることを望んでいた。私はテルアビブの姉のところに戻ることにした。

卒業記念の夕べでは、彼は人気者だった。彼は反シオニズムの写真展をキブツの大食堂で行ない、その挑発的な政治的テーマで、この左派といわれるキブツは大いに議論沸騰したが、それでも彼の写真のテクニックには、誰もが一目置いていた。さらに彼は作曲ができて、フルートとギターとボーカルの組み合わせで発表していた。それも一曲は「パレスチナ人に」というもので、タイトルを聞いたときに、キブツの人々は静まり返ったが、曲が終ったときには、みんなが拍手していた。私は彼と別れるのが少し辛かったし、彼もそうだったのだろう。しかし私たちは別れることにした。

ある日の夕方、姉の家のベルが鳴った。私がドアを開けると、そこにリュウイチが立っていた。彼は私の誕生日を覚えていて、やって来たのだった。私はびっくりして、二人で家を出た。彼との再会は、思ったよりも非常な喜びだった。彼はそのとき初めてフィッシュマン夫妻のところに私を連れていった。そこでは夫妻とリュウイチは話がはずんだ。しかしそれは私には、イスラエルの悪口ばかりに聞こえた。私はたまりかねて、話に割って入った。「……そんなこと言っても、アラブ人だってもっとひどいことをしているじゃないの」

座が一瞬白けたように思えた。ベニアミンもダリア・フィッシュマンも、リュウイチの友だちだからと思って歓迎しているのに、何て女を連れてきたんだろうという眼で私を見た。私は明らかにまずいことを言ったと分かって、真っ赤になった。しかしそのあと三人は、イスラエルが誕生するまでの歴史を分かりやすく説明してくれた。私は混乱していた。少なくともこの夫妻は、リュウイチが日本人であるといって疎外も差別もしていないことは良く分かった。私はその晩よく眠れなかった。

私たちはそのまま別れた。しかしそのうち幸運なことが起こった。姉夫婦の経済状態が悪くなり、私の仕事もなかなか見つからないということで、私は再びキブツに戻ることになり、もう一度リュウイチと同じクラスに入ったのである。

そして私は、生涯に決定的な影響を受けることになった一人の人間に出会った。ユダヤ教とシオニズムの中で育った私に一八〇度の転換をさせたのは、パレスチナ人弁護士サブリ・ジェリスであった。リュウイチがどう段取りつけたのか知らないが、サブリ・ジェリスは右も左も分からない、というよりシオニズムにこり固まったユダヤ人の女の子に、よくも会う気になってくれたと思う。私は会う前からドキドキしていた。何しろ生まれて初めてアラブ人と接するのだから。両親を通じて私の育てていたアラブ人像といえば、奇異で野卑で残忍で……とても思い出すのも恥ずかしいものだった。しかしハイファの下町の迷路のようなところのアパートに入って、扉を押して、彼と彼の妻を見た途端、私はそれまでのアラブ人観が何から何まで崩れて、いたたまれぬ羞恥心にとらわれた。そこにいたのは、物静かな、どんなことでもきちんと整理して、しかも平易な言葉で話す人だった。彼はまず、

「自宅拘禁の刑を受けているのであなた方にわざわざおいで頂くことになり申し訳なく思っています」

と言った。そして本当に申し訳なさそうにしているのだった。彼はイスラエルの中のアラブ人の状態を書物に書いたという罪で、自宅拘禁を宣告され、毎日夕方には警察署に出頭して、その日一日のことを報告しなければならなかった。ハイファ市を離れることも禁止されていた。そしてそれを宣告したのは、私と同じユダヤ人のシオニストだった。

彼の家にいた数時間の間に、私の恥ずかしいという思いは、つのる一方だった。そして彼の物語る話を聞いて、恐しい衝撃がその恥ずかしさに混ざり合う。サブリ・ジェリスは、イスラエルに住むアラブ人の生活を牛耳っている特別法と、土地の略奪、そして彼らが受けている屈辱について語った。

彼はカシム村事件のことを話してくれた。一九五六年一〇月二九日、スエズ戦争の初日、イスラエル国境警備隊のメリンキ少佐は、大隊指揮官のシャドミ准将から一つの指令を受け取った。

「今日の午後五時から明日の朝六時まで、アラブの村々に外出禁止令が施行される。違反者は厳重

に罰せられねばならない」

というものである。メリンキの証言では、

「死者を出す方が、逮捕者を出す煩しさよりも良い」

とシャドミは付け加えたという。村の外に働きに行っている者が外出禁止令を知らずに戻ってきた場合はどうするのか、という問いに対して、

「情け容赦なく。彼らは運が悪かったんだ」

という答が返された。

メリンキはダハン中尉に、違反者は例外なく射殺するようにと、命令を伝えた。

当時カシム村に限らず、一九四八年のパレスチナ戦争のあとイスラエル領になった地域のアラブの村々は、土地収奪の波状攻撃を受け、そのため農民は日雇労働者となり、遠くの町に働きに出ていた。そしてふつう仕事の終る時間は五時であり、この時刻に外出禁止令が発効することになっていたのである。そして村民がこのことを知らされたのは午後四時半だった。

五時前に国境警備兵は、軽機関銃で武装して、村の出入口に展開し「敵」を待った。自転車を押しながら戻ってきた四人の採石夫が、最初の犠牲者となった。次の標的は羊飼いの少年だった。労働者たちがそれに続いた。彼らはトラックから下ろされ、並ばされて射殺された。最後の犠牲者は一四人の女と四人の男だった。六六歳から一二歳までの女たちの嘆願は無視され、下車させられ、射殺された。死者だけで四七人を数えた。

軍当局がこの事件を握りつぶすことができなくなったとき、裁判が始まった。しかし警備兵たち

は「命令に従っただけ」として、そして上官は「国を思ってのこと」として、非常に軽い刑ですまされた。これに二年後の減刑と、さらに恩赦が続き、全員が釈放された。最高責任者のシャドミ准将は、「技術的過失」のため有罪とされ、譴責と一ピアストル（七円）の罰金が言い渡されたのである。これらのことをサブリ・ジェリスは、淡々と裁判記録を示しながら語った。

　土地の収奪は、もっと組織的だった。ここにユダヤ国家を建設しようとする者にとって、非ユダヤ人の人口はできるだけ少ない方がよかった。そしてサブリ・ジェリスによると、イスラエルはあらゆる機会を通じて、この国を純粋なユダヤ国家とする工作をしたのである。まず一九四八年四月九日のディール・ヤシン村の村民二四〇余人の殺害は、これによってアラブ人の間にパニックを起こさせ、逃亡させることを狙うものだったと、事件後イルグンとシュテルンの当事者が言明している。

　次にイスラエルが取り組んだのは、パレスチナ戦争で出た難民たちを、自分の村に再び帰らせまいとする工作であった。「不在者財産没収法」という法律が生まれ、戦時中に一度でも住居を離れた者は、帰村を認められず、その不動産、財産は没収されることになった。パレスチナ難民は決して自ら祖国を棄てたのではないのに、そして戦火が収まるのを待ちながら安全な所に避難していただけなのに、彼らは永遠の難民となった。「戦火のせいで難民が生じた」のではなく、実際は「戦火が終ったにもかかわらず難民が生じた」のだった。

　地図を広げてサブリ・ジェリスは、イクリット村のあったはずの場所を指し示してくれた。私とリュウイチは、その村を探しに出かけた。村は北ガリラヤ地方のレバノン国境沿いにあるはずだった。国境警備兵たちの眼を避けて何度かその辺りを往復した末、私たちは小高い丘の上に崩れ残っている教会らしいものを見つけた。近づいてみると、雑草の間に村落の白い残骸が教会まで続いていた。ここがイクリット村だったのだ。

サブリ・ジェリスによると、この村の住民は、カトリック教徒のパレスチナ人だった。そして一九四七年一一月二九日に国連が採択した分割案では、この地域はパレスチナ国家に含まれることになっていた。さらに翌年のパレスチナ戦争に、この村民は参戦しなかった。一般にキリスト教徒の村々は、事態を静観していたのである。

この地方での戦火が遥か昔に終っていた一九四八年一〇月三一日、この村は無抵抗のままイスラエル軍に「占領」された。六日後村民は、二週間だけ村を離れろという命令を受けた。イスラエル軍のこの方面での作戦が終ったら、じきに帰村を許される、と司令官は語った。

この約束は守られなかった。村民は着の身着のまま村を離れたが、そのまま永遠に帰村することはなかった。一九五一年一二月二五日のクリスマスの夜に、イスラエル軍は空軍を動員して人一人いないこの村を「攻撃」したのである。パレスチナ戦争が終って三年後のことだった。

イクリット村は、一九五六年までにイスラエルの地図から姿を消した三〇〇の村々の一つの象徴にすぎなかった。そしてこの村が爆破されたとき、私は二歳半で、この国に住んでいた。その一七年後、私はこの村の悲劇を知ったばかりでなく、この足でその現場に立っている。私の同胞の犯した犯罪の現場は、石の塊の散乱と教会の残骸となって残っていた。この一帯は立入禁止区域であり、さらに不発弾もそのままになっていることを思うと、おそらく村は爆破ののち初めて人の目にふれたのであろう。物言わぬ静けさのたちこめるこの廃墟の中で、私は幼い頃から積み重ねてきたすべてのことが、今音をたてて瓦解していくのを感じていた。

それは私だけでなく、両親のようにナチスの体験を経てシオニストになった世代も、イスラエル生まれの新しい世代（ツァバリーム）も、誰も知らなかった歴史だった。もちろん上層部の人間は、それを知っていた。そしてすべての人から隠しきったのである。そしてイクリット村の写真は、私たちが行ったときに撮影したものが、恐らく国外に持ち出された最初の写真となったと思う。

私は生まれて初めて会ったパレスチナ・アラブ人によって、それまで後生大事に持っていた価値観に訣別を開始した。私は「加担者」になるわけにはいかない。知ってしまったものに目をつぶるわけにもいかない。私の自由、私の解放、キブツの生活が、どんよりと色あせたものに見え始めていった。

3　逮捕

ヘブライ語学校の夏休みが近づいた。しばらくキブツを離れる方がよさそうだと、私は思った。というのは毎年夏の休暇にイスラエルを訪れる両親に、私は自分の世界を一どきに見せたくなかったからである。日本人との交際を含めて。

私は両親を迎えに、ハイファ港に出かけた。両親との再会は嬉しかったが、私はずしりと両肩にかかる負担を覚えた。私は変わってしまった。あまりにも急激に変わってしまい、一方、両親に何らの変化があるはずはなかった。

テルアビブで、そんな両親とのさし向かいの生活が始まった。しかしそれは思っていた以上に耐え難い毎日だった。私と両親の考え方は、全くかみ合わなかった。私たちは相手のちょっとした言葉尻を捉えて、言い争った。私はもうシオニズムが正しいとは思わなくなっていたので、両親にそう言った。

両親は、自分たちの可愛い娘が一体どうなってしまったのか、見当もつかない様子だった。ある日私は我慢できなくなり、パレスチナ人にも権利があることを両親に分からせようとしたが、両親は私がすっかりおかしくなったと思ってしまった。彼らは、娘がこんなふうになってしまったのは、あのキブツの共産主義のせいだと考えたのである。

私はドアをバタンと閉めて、家を飛び出した。自分の気持ちをうまく説明できないが、家出するほかない、と考えたのである。しかし父は思っていたより早く走ることができ、私は掴まえられてしまった。私は路上で「警察を呼んで！」と叫んだ。全く馬鹿なことを言ったものである。父は早速、イスラエル政府の役人である娘婿のモシェに連絡した。モシェは情報部《シン・ベイト》の人間を連れて、家に飛んできた。

こうして私はテルアビブの警察署に連行され、署長自らが私の尋問に当たった。義兄のモシェは、両親の話を聞いて、私がイスラエル内のアラブ人の立場に共感を覚えているのは、私が国内のアラブ人グループと接触を持っているからだと考えた。そこで私は重要人物になってしまい、警察署長直々に私の口を割らせようとしたのである。

しかし当時の私は、パレスチナ問題がまだよく理解できていなかったので、署長に訊かれていること自体がよく分からなかった。そして私を手引きしたリュウイチのことを悟られてはならないということだけ考え続けていたので、「あの連中は人間じゃないんだ」と署長が言ったとき、「あの連中」とはアラブ人のことを指しているのだとすぐには分からず、リュウイチ及び日本人は人間ではない、と署長が言っているのかと考えてしまっていた。だが私は本能的に、警察では黙っているのが最善であると考え、敢えて何も言わなかった。

その間に私の荷物の徹底的な捜索が行なわれた。没収された手帳には、住所録が書き込まれ、覚書がメモされていた。もちろんサブリ・ジェリスの住所もあったし、さらにイスラエルの最高機密であるディモナの原子力センターのメモまであったのである。警察は色めきたった。

ところがディモナに原子力センターがあるということは、イスラエルでは皆知っていたし、海外では何度かその原爆製造のことも含めて報道されていたのである。しかしイスラエルでは、知っていても決して口にしてはならないことだった。

このメモは、私が最初のキブツにいたときにボランティア仲間から聞いて、何の気なしに書きとめておいたものであり、リュウイチともアラブの友人とも何のかかわりもなかったのだが、同じ手帳にイスラエルにとってのブラックリストのトップに記されている人物のサブリ・ジェリスや詩人のマフムード・ダルウィーシュの名があったから、これは大事件だということになったのだ。

尋問中、署長は何度も繰り返し、私がどこからサブリ・ジェリスの住所を手に入れたかと訊いた。サブリの住所は秘密ではないし、彼は当時自宅拘禁中だったから知られてまずいものではなかったが、イスラエルでは九〇％を占める「善良なユダヤ人」は、サブリの名も彼の著作すらも知りようのないものだったのだ。

「もしそれを正直に言ってくれたら、原子力センターの話は前のキブツにいたユダヤ人から聞いたという君の言葉を信じよう」

と署長は言った。彼にとってイスラエルのユダヤ人とパレスチナ人の接触は、重大問題だった。どんな手段を用いても、この国のユダヤ人をシオニズムと称するイデオロギーから解き放ってはならない、と彼は考えていた。そしてシオニズムは、歴史的にも正しいことが実証されているし、正義のものであるという神話を冒瀆することは、最大の罪だったのである。

署長は職業柄、私がまだこの問題に深入りしていないと感じたに違いない。一転して情に訴えて、お説教を始めた。本当の話か作り話か知らないが、

「自分はレバノン生まれだからよく知っているけれど、アラブ人というのは文明人ではないんだよ」

と言う。私はもう何時間も尋問されて、すっかりうんざりしていた。

結局私は釈放され、両親に連れられて帰宅した。数日間はお互いに一言も口をきかず、その後二、三度警察に呼び出しを受けたあとのある日、家の人がみんな出払ったとき、私はヴェールで顔を隠して家を抜け出し、再びキブツに向かったのである。

そのあとしばらくして、私は荷物を取りに両親のいる姉の家に行ったことがある。私は留守だと確信していたので、リュウイチと一緒に出かけた。ところが通りで両親とばったり出会ってしまったのだ。日本人と一緒にいる私を見た両親の驚きようは想像に余りある。まさかいくら何でも日本人が現われるとは。ユダヤ人と結婚するだろうと、しぶしぶイスラエル行きに賛成したのに。一体日本人がイスラエルに何の用事で来ているんだろう……。両親は二人ともすっかり面くらっていた。私は簡単なあいさつをしただけで、そうそうに、呆然としている両親を後に残して立ち去った。

その後母はできればこの日本人を一度家に招きたいようだったが、父の逆鱗に触れるのが憚られたし、隣近所の口の端も気になった。そこでその後は、彼らはリュウイチに会おうとはしなかった。

姉たちは私を馬鹿にしていた。その頃彼女たちが私に言った言葉を、今でも私は許していない。マルヴィナは「日本人って動物みたいだって言うわよ。彼らは一日中四つん這いで暮らしているのよ」と言い、シュロミットは「せめて彼が白人だったら、ユダヤ人だと言いつくろうこともできるでしょうけど、日本人じゃあねえ」と言い、私は真っ赤になって怒ったものだ。

しかし彼女らがこんな人種差別主義者になってしまったのは、イスラエルのせいだと私は思っている。アウシュヴィッツという歴史体験をしたにもかかわらず、マルヴィナはアラブ人は爆弾で死ねばいいと言ったことがあるし、「あんたがイスラエルで男の子と交際するときには、もう兵役をすましたかと忘れないで訊くのよ。その子が兵役に就いていなかったら、どこか正常ではないということなんだから、連れ立って外出するのは断るのよ」と私に言ったことがある。

というのもイスラエルでは兵役を免除されるのは、精神障害者か身体障害者だけだったのだ。私は姉のこの言葉を、永遠に許すことができないだろうと思う。私の兄のアーロンは小児麻痺を患ったため、イスラエルの兵役を免除されていたから、身近な例を見ることによって、イスラエル国家の育てる差別観の影響をはね返すことができたはずだからである。

4　ユダヤとアラブの友人たち

「ルティ、テレビにウディが映っているよ！」

とリュウイチが興奮して電話をかけてきた。一九八一年の秋、もちろん日本でのことだ。私は驚いてテレビのチャンネルを回した。イスラエルの獄中レポートだった。しかし私たちのイスラエル時代の友人、ウディの姿はもう消えていた。リュウイチによると、彼は鉄格子の中から、日本のテレビ局のレポーターに向かって、

「私はユダヤ人なのだ。しかしパレスチナ人と共に闘っている」

とだけ言って、そのあと画面が変わったという。たった五秒の出演だったが、元気そうだったという。

ウディとは、私とリュウイチがテルアビブのマッペン（イスラエル社会主義機構）の事務所に住むようになってから知り合った。彼はハイファの近くのキブツ、ガン・シムエルの出身で、背の高いがっ

上——20 歳の著者（イスラエルのキブツにて）
下——イスラエルの占領政策に抗議するマツペンのデモ。中央左寄りが著者。（いずれも、撮影＝広河隆一）

しりした体躯の持ち主だった。彼はキブツで、アラブ人をメンバーにする運動をして、四面楚歌にあっていた。

私たちがイスラエルを離れて三年後、私はマッペンの友人からの手紙で、思いもかけないニュースを知った。ウディがスパイ容疑で逮捕されたというのである。同封の切り抜きには次のように書いてあった。

「エフード・ヤディーブ(ウディの本名)は、逮捕されたとき『ユダヤ・アラブ協会』に所属していた。それ以前は、マッペンの分派である『革命的共産主義者同盟赤色戦線』(レッド・フロント)のメンバーだった。

彼の裁判は、一九七三年二月二五日にハイファで始まった。これはイスラエル社会が、深刻な経済的社会的そしてイデオロギー的危機に陥っていた時期であることを忘れてはならない。危機の表われは、イスラエル内のストライキ多発化という、階級闘争の激化状況で明らかになっていた。

このようななかで、ジャーナリズムと当局、つまり情報機関《シン・ベイト》は、国民の関心をそらすため『ユダヤ・アラブ協会』がシリアのスパイ網であるかのようにキャンペーンを行ない、当局の音頭取りで人々に恐怖感を与えるために、ヒステリックな演出を広範に行なったのである。

一方、この事件によってイスラエル政府がどれほど恐慌状態に陥ったかも、容易に想像できる。政府はこのとき初めてユダヤとアラブの協同組織の出現を目の当たりにしたのだから。そこではユダヤ人活動家とアラブ人活動家の団結が、確固たる戦略目標としてうち立てられていた。この組織の目的は、略奪的な植民地主義国であり、そしてアメリカ帝国主義の尖兵であるシオニスト・イスラエル国家を暴力で破壊することであり、外国勢力の影響を一切受けない、社会的搾取のない、新しい社会秩序の建設なのだった」

私の得た断片的資料によると、ウディはこのとき、イスラエルの革命を促進し、パレスチナ人とユダヤ人の両者によるパレスチナ解放を目指すために、PLOとの地下統一戦線を作ろうと試みた。これにはPLOの責任ある人物との接触が必要であった。そして組織のメンバーが足がかりをつけ、ウディはキプロス島で偽のパスポートを手に入れ、ダマスカスに向かった。

しかし指定の場所に、PLOの幹部は現われなかった。あまり長く留まるのは危険だった。シリアは敵国からの潜入者として、イスラエルは利敵活動家として、捕まればどちらも彼を厳罰に処するだろうことは目に見えていた。彼はキプロスを経由してテルアビブに戻った。しかし空港で彼は逮捕され、組織のメンバーは一網打尽になった。すべてのお膳立てをした組織のメンバーが、情報機関《シン・ベイト》の人間だったのである。

私たちが彼とつき合っていたとき、彼は決してマッペンの中での過激派ではなかった。彼はキブツの理想主義の中で育てられた、正義感の強い青年にすぎなかったが、一九六七年の六月戦争（第三次中東戦争）とその後のイスラエルの占領政策が、彼を変えた。彼はパレスチナ人を仮借なきまでに弾圧して口をぬぐう政府に対して、抗議のデモに加わり始めたのである。それでも私たちの知っているウディは、パレスチナ人との共闘を目指していたものの、具体的な方途を探しあぐねていた状態だった。多分私たちがイスラエルを離れたあとの情勢の進行が、彼をもっとせっぱつまったところに追いやったのだろう。

ウディの切り拓いた地平は、パレスチナ人を驚かせ、未来に一筋の光を投げかけた。そして「ユダヤの左翼はおしゃべりだけだし、同じ件で逮捕されても、ユダヤ人はアラブ人よりずっと軽い刑ですむ」というアラブ人の声が沈黙したのは、ウディがアラブ人と同じ重刑（一七年）を宣告されたときである。そして支配する側と支配される側の左派の人間が、どうして共闘できるかという命題に対する一つの解答を彼は提出した。

私が後にパリで会ったマリー＝クロード・ハムシャリは、ＰＬＯ駐仏代表としてパリ駐在中、イスラエル情報部《モサド》の手で爆殺された（電話機に爆弾が仕掛けられていた）夫のマフムードが、生前「エフード・ヤディーブこそ、解放パレスチナのユダヤ系市民第一号になるのだ」と言っていたと教えてくれた。

そして現在では、イスラエル共産党をはじめ、マツペンの各派、そして平和主義者まで、ユダヤ人とパレスチナ・アラブ人の地下の情報網を作りあげている。ＰＬＯとの接触も、フェリシア・ランゲルというユダヤ人女性弁護士のように、堂々と海外で行なう人もいる［彼女はリュウイチが二度日本に招待し、各地でイスラエル獄中の政治犯についての講演をして、ＰＬＯ駐日代表ハミード氏との共同シンポジウムにも出席した。彼女は内外での知名度が高く、現在までイスラエル政府は手を出せない。『イスラエルからの証言』（群出版、広河隆一訳、一九八二年）」がある。

しかし私のいたころのイスラエルでは、ユダヤ人とパレスチナ人の共闘などということは、夢の夢であった。それどころか、私の周りでは苦渋に満ちた引き裂かれた物語が多かった。男女の恋愛にしても、パレスチナ人の男を好きになったからといって、親にガソリンをかけられて焼き殺された娘の事件もあった。パレスチナ難民キャンプの中で発見されたユダヤ人の老婆もいた。彼女はパレスチナ人と結婚し、イスラエルに追われて難民となり、その後夫に捨てられて、一人キャンプに残されていたのだった。

ここで一組のユダヤ人とパレスチナ人の友人同士が辿った歴史を紹介しておきたい。ユダヤ人はシュロモー・ザンド、パレスチナ人はマフムード・ダルウィーシュで、二人とも私たちの友人だった。ダルウィーシュには、これもリュウイチの手引きで、ハイファのカフェで会った。彼はその頃まだ二〇代の青年で、精悍な顔つきのなかに「祖国内に住む難民」の苦しみを表わしていた。彼は体を揺らしながら、手を広げて、詩を朗読するように話した。

「あの日のことは、今でもはっきり覚えている。俺はバルヴァ村という美しい村に住んでいた。七歳の、夏の夜だった。俺は、弾丸が飛び交う中を、村人と一緒に藪の中を必死に走っていた。何が起こったのか分からず、一晩中走って着いた所がレバノンだった。俺はここで初めて難民とか国境とかいう言葉を覚えたのだ。

しばらくして、俺は家に戻ることになった。夜中に俺と伯父とガイドは出発した。見つからぬように這い進んだのを覚えている。朝着いた村は、バルヴァではなかった。なぜ自分の村に戻れないのか、俺には分からなかった。伯父に問い質《ただ》したら『村は壊されて、もうない』という答が返ってきた。誰が一体何のためにそんなことをしたのか、いくら聞いても俺には理解できなかった。

今から六年ほど前、俺は村のあった所に行ってみた。その辺りは『第九地域《シエタハ・テーシャ》』と呼ばれる立入禁止区域となっていた。俺はまるで泥棒のように、隠れながら近付いていった。俺がそこで何を見たと思う？　たった一つ残っていたモスクは、牛小舎になっていた。自分の家の辺りには、白い石の塊が散乱しているだけで、何も見当たらなかった。村の墓のあったところには、別なものが見つかった。そこには新しいユダヤ人のキブツが建設されていたんだ。そのときから今まで、俺は二度と村には近付いていない」

夏の日の午後だった。野外のカフェテラス、といっても庭に小学校の木机のような感じのテーブルと椅子が置いてあるだけだったのだが、しゃべり終ったダルウィーシュはガラスのコップに入った紅茶を半分残したまま、そこに群がる蝿を追い払おうともせず、どこか遠くの方を見つめていた。どうしようもない苛立ちをこらえている風にも見えた。

そのときは知らなかったのだけれど、このダルウィーシュは、私たちのマッペンでの一番の友人シュロモーと、少年時代からの親友だった。シュロモーの父親がイスラエル共産党ラカハの党員で、二人はその少年組織でいつも一緒だったのである。

一度シュロモーの父親に、なぜ共産党員になったか聞いたことがある。彼は私の父と同じウッジの出身だった。そしてウッジのシナゴーグでは、いつも金持ちのユダヤ人が前の方の教典の傍に座り、シュロモーの父親たち貧乏人は、入口の辺りに立ったままだったという。財産によって神への距離が定められていたのだ。これを見て彼は、不公平が何であるかを学んだ。その彼はナチスの迫害を受けてパレスチナに来てからも、シオニズムによって引き起こされた不正を容赦できず、党員になったのだという。彼は現在貧しい研屋《とぎや》である。

シュロモーは、浅黒い顔に多感な輝きを見せる眼を持つ電話配線工だった。そして私とリュウイチとシュロモーとタミィ（シュロモーの彼女で、私の娘民《タミイ》の名は彼女から取った）は、その頃ほとんどのデモや集会で一緒だった。当時の私たちは、自滅に走る国家の中でいつ潰されてしまうか知れない、切羽詰まった青春を生きていた。モシェ・ダヤン国防大臣は、占領下の家屋を片っ端から爆破していた。共同懲罰制《オネシュ・コレクテイビ》という言葉が流行語となっていた。パレスチナ・ゲリラを匿ったり、あるいは家族の中からゲリラが一人でたというだけで、その辺りの数十軒の家が爆破されるのである。ガザの難民キャンプでは、密集地の真中を縦横無尽に五〇メートル道路が建設された。このため何百軒ものスラムが爆破されたり、ブルドーザーで壊された。住んでいた人々は新たな難民となって、追放されていったのである。一方テルアビブでエルサレムで、至るところの街路の壁に「占領反対《ハラ・ハキブーシュ》！」というスローガンが書かれた。マッペンがやったのだ。

このシュロモーが、いくら水を向けても頑としてしゃべろうとしない話題があった。それは一九六七年の六月戦争で、何を見、何をしたかということである。彼は徴兵され、エルサレムの戦闘に参加しているはずである。そして私たちがイスラエルを発つ準備をしている頃、リュウイチがダルウィーシュの「白百合を夢みる兵士」という詩を見つけてきた。内容は六月戦争から戻ったイスラエル兵と、その友人であるパレスチナ詩人との対話の形になっていた。

《……どれだけ殺したって？
数えきれないね
だけど勲章をひとつもらった》

彼は椅子を蹴って
たたんだ新聞をもて遊び
歌うように言った。
《瓦礫のうえに崩れる姿は
まるでテントをたたむようだった
砕けた石を握ってたな。
胸には勲章ひとつついていなかった
手がらをたてたことがないからさ。
百姓か職人か行商人というところだ
テントをたたむように崩れて　そいつは
死んだよ》

わたしは尋ねた《胸が痛んだかい？》
彼はさえぎった《きみ
悲しみは白い鳥だ
戦場には飛んでこないよ。兵士にとって
悲しみは罪なんだ。

そこでぼくは　死者に唾する
黒い鳥だった》

（青野聰訳）

私たちはシュロモーにこの詩を見せた。彼は黙ってうなずいた。六月戦争の直後に、彼はダルウィーシュを訪ねた。会うのが苦しかった、と彼は言った。しかし夜を徹して交わし合う言葉を探したが、二人の断絶は埋められなかった。詩の内容がそのまま実際にあったことなのか、詩人ダルウィーシュの創造の世界なのか、私たちは彼に尋ねなかった。

シュロモーとダルウィーシュの世界は、その可能性も不可能性も、この「白百合を夢みる兵士」に結晶したが、最後の部分ではイスラエル兵はパレスチナを去るという構成になっている。

彼は白百合をさがしにゆくと言って別れを告げた
またはオリーブの枝にとまる朝の鳥を。
彼はいま在るものは
自分で感ずる匂いや痛みでしか
理解しなかった。
けれど祖国なら解っている——とわたしに言った
《母が出したコーヒーを愉しく味わい

《夕べにはなにごともなく帰るところさ》

（青野聰訳）

シュロモーは共産党を離れて、マッペンの活動家になった。そして一九七三年の十月戦争（第四次中東戦争）のとき、彼はイスラエルから「脱走」した。ダルウィーシュは、アラブ世界随一の詩人になった。そして一九七〇年にモスクワで催されたアジア・アフリカ作家会議で、ロータス賞の授賞が決定され、その後の同大会出席の後帰国の道を閉ざされ、今度は「祖国の外の難民」となった。

ウディの場合は、ユダヤ人とパレスチナ人の間の距離を飛び越えた。彼は考えた。シュロモーもダルウィーシュも反シオニズムの闘いをする限り、もう一度出会えるはずだ。なるほど片方は植民者の子どもで、片方は土着の人間だ。しかし違うところをあげつらって、両者の遠さを確認してもしょうがない。シオニズムは両方とも拒絶したではないか。ただ必要なのは、真に共通の基盤を持つ社会主義革命の実践体を組織することだと。

こうして、ナチスによるホロコーストによって死に絶えていた、ユダヤ人問題の社会主義による解決をめざす運動が復活した。しかしことはあまりにも性急になされ、壊滅を招いたのである。

第五章

別れ

1　出イスラエル

一九七〇年三月一八日に、私はリュウイチとイスラエルを出発した。私たちは地中海航路を選んだ。ハイファの港は、ヒッピーたちで、ごったがえしていた。

船が出航するまで、私の心は落ち着かない。私たちは通関の長い列に並んで、大きなトランクを二つと、そのほかに大きなバッグを抱えていた。トランクの一つには、リュウイチの写真のネガが全部入っている。それは三年間の彼の滞在中に写された写真で、シオニストによる犯罪の証拠ともなる重要な写真なのだ。半分ぐらいの撮影には、私も立ち会っている。破壊されたり、絶滅させられたりしたアラブの村々の写真。チューインガムや素焼きのタイコを売る、裸足の子どもたちの不安げな顔。彼らは、自分の土地を奪ったイスラエルの観光客に売っているのだ。イスラエルの占領政策に反対する反シオニズムのデモの写真。そこには私の良く知っているユダヤ人とパレスチナ人の友人たちの顔が写っていた。無人になった難民キャンプの写真。マッペンの人々、ラカハ共産党の人々……。

イスラエルの情報部シン・ベイトは、私たちのテルアビブ滞在中にも、屋根に盗聴器をつけたりしていたから、私たちが、このような貴重な写真のネガを持って、税関を通過することなど、当局が黙って認める筈がない、と私たちは考えていた。しかし、私たちは二つの手を打ってあった。つまり私たちは空港よりも港の方が、検査がゆるやかであり、その検査もほとんどはヒッピーを対象とした、マリファナ摘発に重点がおかれているため、安全であると判断していたし、重要な写真、つまり破壊され、地図から名の消えていくパレスチナ・アラブの村々の記録写真は、焼き増ししてすでにマッペンのもとに残してきた。

それでも私たちの順番になったとき、私はガタガタふるえていた。しかし外国人ボランティアたちの列の中で、私一人がヘブライ語を話したので、係官はすっかり私を信用してしまった。住所を問われて、キブツの名と、テルアビブの親類の名を言うと、もうそれで、彼は私の荷物を開こうともしなかった。リュウイチは私のそばに立っていた。係官は「彼はあなたの友人ですか？ 信用できる人間ですか」と尋ね、私は「もちろんそうです」と答えた。これで彼の荷物も開けられずにすんだ。係官が次の乗客のところに行ったとき、私は汗びっしょりになっていた。

私たちの乗った船は小さく、ギリシャ国籍の旧式の船で、これが最後の航海ということだった。私たちはマルセイユまでの船賃をやっと払えるぐらいの貧乏人だったため、船底の大部屋で椅子に座ったまま、四泊五日の旅をしなければならなかった。機関の音がものすごく、海が荒れるときは、立っているのがやっとの有様で、私は出航から到着までずっと、船酔いにかかっていた。

船の中で私たちは、改宗してカトリックの神父になったユダヤ系フランス人青年に出会った。彼はエルサレム巡礼に行った帰りなのだが、彼の話では、彼がユダヤ教を棄てたために、家族から追い出された、ということである。

乗客のほとんどは、ユダヤ人、非ユダヤ人をとりまぜたヒッピーたちで、彼らはマリファナやハシーシを手に入れるために、イスラエルに行っていたのである。ここにも一九六七年の戦争と占領の一つの結果があらわれていた。つまり、イスラエルが、アラブの土地を占領したために、イスラエル内に大量の大麻が流入したのである。彼らの多くは、南部アカバ湾に面したエイラートで働いていた。友人になったヒッピーは、彼らの友人二人が自殺した、と語った。大麻を買う金も切れ、イスラエルに対する極度の絶望状態に陥ったあと、彼らは死地におもむいて行った。つまり国境の方に向かって歩き、すすんで敵側の銃火に身をさらしたのだそうだ。聞くのがつらくなる悲しい物語だった。あるいは、彼らは、そのまま国境を越えて行きたかったのかもしれない……。友人たちを失ったこのヒッピーは、気をとり直して、今イスラエルを離れて、故国に戻ろうとしていたのである。

キプロスとアテネとナポリを経て、私たちはマルセイユに着いた。もう通関には何の問題もなかった。問題はお金だった。私たちは行けるところまでヒッチ・ハイクで行くことにした。しかしこれも大変だった。私たちの大きな荷物を横目で眺めて、車は通り過ぎるばかりで、一台も止まらなかった。それでも私は、小銭を出して、久しぶりのバゲット（フランスパン）をほおばり、少しばかり気をとり直して、また道路のわきで指を立てて、止まる車を待った。

やっと私たちを乗せてくれたトラックは、リヨン止まりだった。さらに運の悪いことに、夜になって寒くなり雨が降ってきた。やむなく私たちは、橋の下で一夜を過ごした。次の日もヒッチ・ハイクを試みたが、やはりこんなに荷物を持っていては無理だった。昼すぎまでがんばったが、仕方なく私たちはリヨン駅までバスに乗り、そこから有り金をはたいて行けるところまでの切符を買い、列車に乗ることにした。数時間後、列車は切符の駅に着いたが、私たちは、もう憔悴しきっていて、とても降りる気にはならなかった。車掌が通りかかったら厄介なことになっただろうが、運よくそれもなかった。

2　パリで

パリに着いた。イスラエル国民となることを決意して、パリを離れてからたった二年足らずで、私は変わってしまって、今パリにいる。パリの駅でも、イスラエルを棄てて疲れ切って金もない私たちは、ささやかな幸運に恵まれた。駅の改札係は、髪の長いヒッピー風の若者で、私たちの格好に共感を覚えたらしく、途中までしか行けない切符を見ても黙ってうなずいて、通してくれたのである。

それでも私たちは、持ち合わせの金もなく、パリの駅で途方にくれて立っていた。そのとき、一人の若い女性が近寄ってきて、どうしたのかと尋ねた。私は、イスラエルから帰ってきたんだけど、地下鉄の切符を買う金もなくて困っているのだ、と答えた。すると彼女は、私もよく旅行をするから、お困りの様子がよくわかる、私も旅先で困ったときに、いろんな人に助けられた、と言って、持ち合わせの地下鉄の回数券を私にくれ「イスラエルの帰りだなんて言わないことね。じゃごきげんよう」と別れて行った。当時フランス政府は、イスラエルの占領を非難していて、国民のほとんども、イスラエルの拡張政策に反対していたからである。

私たちはテルアビブで、パリのマッペンのメンバーの住所を聞いていたので、彼を訪ねることにした。彼はエリ・ロベルという経済学者で、マッペン創設者の一人である。エリの家は、カルチエ・ラタンにあった。しかしようやく探し当てて訪れた彼の住居《アパルトマン》は、留守だった。何度も戸をノックしていると、隣のおかみさんが顔を出して、とにかく荷物を預かってあげますから、明日また来られたら、と言ってくれた。私たちには、その言葉に甘えるほかに道がなかった。

私たちは、不承不承ながら、私の両親のルヴァロワの家に向かった。パリに来ても両親の世話にはなりたくないと思っていたので、私の気持は重かった。両親は私たちの突然の来訪と、その薄汚れた格好を見て、仰天した。なぜなら、私が姉に、もう家には戻らないという伝言をしたのを、彼女は両親に伝えていたからである。それでも彼らは、いつか私たちが訪ねてくれるだろうと、心待ちにしていたのも事実だった。それに、たとえ私がいいユダヤ人でなくても、それにイスラエルに反感を持っていて、さらに非ユダヤ人でアジア人の眼鏡をかけた日本人と一緒にいたとしても、やはり親と子の関係を絶ちたくはないと考えていたからである。もう夜の九時で、同じ年の三つ子の一人アーロンは、長椅子に寝そべっていたが、だしぬけの訪問が嬉しくて、悪い方の足を引きずって、私のところにやってきて、キスをしてくれた。というのも彼は、家で両親とさし向かいの毎日で、退屈しきっていたのだ。まあいろいろと微妙な感情の交叉はあったとしても、両親もアーロンも、私たちを歓迎してくれた。

私たちは別に将来を誓うというような関係でもなく、まあ気が合っていたからつき合いを続けていたわけで、イスラエルからパリに来たのだが、もう少し一緒にいようと話し合い、それで、彼の国である日本に一緒に行くことにした。私は、日本行きの旅費を稼ぐために、昔の勤め先に当たってみたところ、快く三ヵ月間、私を採用してくれた。

リュウイチは、毎日たった一人で、パリをあちこち歩き回り、フランス語を知らなくても道に迷うことなく過ごしていた。このとき彼の知っているフランス語といえば「ジュ・ネ・パ・ダルジョン（お金がありません）」と「ジェ・ファン（お腹がすいています）」で、これは私たちの貧乏旅行のたまものである。

マッペンのエリ・ロベルには、その後連絡がとれ、リュウイチは昼間は彼らのところを訪れ、夜の会合には、私も一緒に出かけて行った。彼はフランスから日本の出版社に連絡をとり、彼の本を出すことが決定していたので、毎日その準備をしていた。家でも彼は小さい部屋に引きこもって、ノートをつくっていた。

両親の家での生活は、予想通り牢獄だった。自分の意見を述べる権利はない。正しいのはつねに両親であった。ある日、テレビで死刑の是非についての討論があった。もちろん両親は賛成派である。イスラエルの空軍がレバノン南部を爆撃して全機生還すると「アラブのやつらに一泡吹かせてやったぞ」と言う。またある日、母は、地下鉄に乗って雑誌を読んでいたが、傍に座っていたアラブ人が、そのモシェ・ダヤンの写真を指して「こいつはファシストの親玉だ」と言った。大のダヤン崇拝者だった母は、その雑誌で相手の男の顔を一発ひっぱたいて、立って別の席に移ったということである。

両親は、シオニストの国家イスラエルと一心同体なので、自分たちの偶像を悪しざまに言われるのには耐えられないのだ。両親はイスラエルに戻って暮らさなかったものの、それはただ、イスラエルが経済的に混乱していて、フランスほど商売がうまくいきそうにないからにすぎなかった。彼らはイスラエルの政治・社会の問題には、何の関心も持たなかった。彼らは、イスラエルの指導者を信じ切っていて、抜きさしならなくなって悪化していくイスラエルの諸問題には、かかわろうとはしなかった。私は今は、イスラエルの人々を、軍国主義下の植民者、とみなしていた。この国に世界中のシオニストから、特にアメリカから莫大な資金と兵器が流入し、イスラエルはアメリカの代理戦争をしているのだ。私は両親とはあまり議論しないようにしていたのだが、それでも事あるごとにぶつかった。

3　日本へ

私たちのパリ滞在も終りに近づいた。両親は、私の出発前に、正式な婚姻を結ぶことを望んだ。彼らはリュウイチに「ユダヤ教に改宗してもらいたい。あなたはヘブライ語が話せるし、聖書の知識もあるから、むつかしいことではあるまい」と言い出した。さらに「割礼を受けてもらいたい」とも言った。私は驚いて両親に向かって、私は日本については何も知らないけれど、恐らく日本には馴じめないだろうから、そのときは帰ってくるつもりでいる、だからさし当たって、結婚は問題外だ、と言った。

結局それがいくらか両親の心を慰めたらしい。娘がユダヤの正統の流れに戻る淡い希望の光は、まだ残っている、と彼らは感じたのだ。いつか娘はまた、自分たちのもとへ帰ってくるのだと。だが私には、そんなことはもうあり得ないと分かっていた。たとえ私が日本を離れることになっても、親許に戻ることはないだろう。私は大きな世界を知りたいし、理解したいのだ。広い思想を持ちたいのだ。新しい自分を確認したいのだ。両親は、そんなに私がイスラエルを嫌っているなら、パリに家も車も用意してあげるから、どこにも行く必要はない、と言っていた。私が逃げ出したいのは、他でもない、それなのだ。物質主義、退屈で愚にもつかない毎日の勤め、宗教……。私はすでに自由と「自我」の道を選択していたのだ。

パリを離れる日がきた。私たちは安いチャーター便の航空券を買っていたが、ブールジェの空港に着いて初めて、自分たちの乗る飛行機が分かる始末だった。ところが見送りに来た両親にとって、また厄介な問題が持ち上がった。私たちの飛行機は「アラブ航空」だったのだ。

両親はお互いに口論していたが、私にむかって、この飛行機はやめて、他のにしろ、と言った。私は耳を貸さなかった。私とても内心、心穏やかではなかったが、それを顔に表わすわけにはいかなかった。私の中に、かつてジェリコの難民キャンプで、私に向かって「ユダヤ人は一人残らず殺すのだ」と言ったパレスチナ人老婆の声がよみがえった。しかし私は、どんな障害があろうとも、自由に生きようと覚悟していた。それでもフランスのパスポートには、私がイスラエル生まれであると記されているし、ジョスコヴィッツという姓は、ポーランド系の名である。ちょっと調べれば、私の素性は一目瞭然なのだ。

私は断固として出発する、といい、両親はそれに何も言える筈がなかった。彼らは私とリュウイチに別れのキスをした。やはり皆、悲しみで一杯だった。飛行機の窓から、言い争っている両親の姿が見えて、私はつらかった。私は涙を流してしまった。それでも、お互いの思想が、かけ離れているのは事実で、私は両親の生き方に反対であり、容認することはできないのだ。両親も、私の生き方に反対であり、私の自由が理解できないのである。

二人は旧態依然の陳腐な生活を続けて行くだろう。父は年をとったらイスラエルに移り住むと口ぐせのように言っていたが、長くそれを実行しようとはしなかった。子どもたちはみんな独り立ちしてしまい、もう何も残ってはいないのだ。しかし物質的に落ち着くと、生き方は貧しくなると言うが、両親の場合はまさにそれだった。私は両親ともっと話し合うべきだったのかもしれないが、衝突に衝突をくり返して、これ以上両親のもとにいたら、私自身を見失ってしまいそうだったのだ。

「アラブ航空」の旅客機は、数時間の後に夜のカイロに着いたが、翌朝までそこに留まらねばならず、私たちは空港ホテルで一夜を過ごした。希望者はピラミッド観光のコースもあったが、朝六時出発だった。私たちは疲れてもいたし、乗り遅れない用心もあって、その観光ツアーには加わらなかった。ピラミッドを見ることは、私にとって昔からの夢だったのだが……。

午前九時半、私たちは再び機上の人となって、眼下にサウジアラビアの砂漠を見下ろして、二時間四〇分後に炎天下のクウェートに着陸した。タラップを下りてマイクロバスに乗るまでのほんのちょっとの間、私は外気に触れて、乾ききった熱気を浴びたが、それはまるでかまどの中にいるようだった。バスの中の手すりも、熱くてとてもさわれたものではない。バスが停ると、私は一目散に喫茶室に駆け込み、冷たいジュースで生き返った。

次に降りたのはボンベイで、ここでは湿気に驚かされた。こんなじめじめした感じは、初めてだった。私はぐったりして、そのあと飛行機でも半分眠っていた。こうして、私はやっと東京の羽田空港に到着したのである。一九七〇年六月一六日、私は二一歳と二ヵ月になっていた。

第六章　ポーランドの旅

1　一九八三年八月

私は子ども二人を連れて、リュウイチとポーランドを訪問した。一九八三年八月のことである。私の両親の生まれた国であるポーランドは、同時に私の親族の何人かが虐殺された国でもあり、両親が脱出してきた国でもあった。戦前、ポーランドには約三〇〇万人のユダヤ人が住んでいた。そして現在はわずか一万人を数えるほどだという。

ワルシャワに向かう機内で、スチュワーデスがポーランド語で話しかけてきた。私は驚いて、ポーランド語は分からないと答えた。スチュワーデスが不思議そうに私をみつめた。「ごめんなさい」と彼女は英語で言って立ち去った。

私はポーランド人に間違えられたのだ。なぜか嬉しさがこみあげてきた。日本ではいつも「外人」と言われ、アメリカ人に見られ、英語で話しかけられるのに、ポーランド人は私を自分たちの一員と見て疑いをはさもうとしない。スチュワーデスは、私の姿形から判断したのだが、私のアイデンティティを探し求める旅が、こうした形で始まったのは意外だった。

ポーランドに着くとすぐ、私は父の脱出の足跡を辿った。

一九三九年、私の父が二二歳の時、ドイツ軍はポーランドに侵攻し、父は故郷のウッジの町を脱出した。彼は、ワルシャワから汽車でモルデにゆき、それからブーク河を渡って、ソ連の支配する対岸へ逃亡したのである。私たちは父の降りたったモルデ駅を訪れた。小さな駅で人影もほとんどなかった。当時、何千人もの人々が脱出のための列車を待っていたはずだが、その情景は想像が困難だ。私たちはそこからブーク河に向かった。大きい河だった。父がこの河を渡った時は、ユダヤ人でいっぱいだったという。しかし私の目の前を流れるブーク河は、人影一つ見当たらない。水は澄み、時々水面を魚が跳ねるのが見える。あたりは静寂に包まれている。陽ざしは熱かったが淋しい景色だった。

私は長い間川岸に腰を下ろしていた。私の子どもたちも、口数が少なくなっている。昔このあたりは、ナチス・ドイツ兵でいっぱいで、向こう岸ではロシア兵が、逃亡してくるユダヤ人を待ちかまえていたのだ。私は、身体が内側から震えてくるのをおさえることができなかった。

ブーク河を渡ったところで、私たちは一軒の農家を訪ね、戦前から住んでいるという老婆に会った。

「一九三九年九月当時、ユダヤ人が逃げ込んできませんでしたか」と私は尋ねた。私は父がこのあたりの農家に隠れて、ロシア兵の手から逃れたという話を思い出したのだ。

「確かに大勢のユダヤ人が逃げてきたけどね、ユダヤ人をかくまったことが分かったら何をされるかわからないからね。自分の身を守ることで精一杯だったよ」

畑や木立ちを縫って街道がソ連の方にのびている。近くに大きな古い風車があった。これを覚えているかどうか、いつか父に尋ねてみよう。かつてユダヤ人たちが必死に逃げた道を、今は荷馬車がのんびりと往き来していた。

翌日私たちは、パンとゆで卵を用意して汽車に乗った。行き先はウッジ、父の故郷である。

ワルシャワからたいした距離でないのに、ウッジに着いたのはもう夕方近くだった。あてにしていた宿泊所は閉鎖されていた。途方にくれていると一人の婦人が近づいてきて、私たちが日本から来たと分かると自宅へ招いてくれた。

婦人のアパートの同じ階に一人の日本人が住んでいた。婦人は彼を呼びに行った。そのヨシダさんが現われた時、こんなところで日本人に会えるとは思っていなかったので、びっくりしてしまった。私は日本語でヨシダさんに話しかけたが、そのことが彼をさらに驚かした。ヨシダさんはウッジ美術大学で日本語を教えていた。ポーランドに来て二年だという。

婦人は私たちのために夕食を用意してくれた。食糧が不足しているポーランドなのに、肉やハムが食卓にのぼった。団地住まいで、小さな部屋が二つしかなく、豊かな生活をしているように見えなかったのに暖かいもてなしを受けて、私たちは恐縮してしまった。

ウッジを訪れた目的を話したら、皆が協力を申し出てくれた。

私は婦人のヤキエヴィッチさんという名前が気になっていた。私の名前のジョスコヴィッツ（ポーランド語読みだとヨスコヴィッチ）に近い音だったからである。彼女に聞くと、「イッチ」の音で終る名前はポーランド的だという。ヤキエヴィッチさんも彼女の友人たちも私を見て、私がどこから見てもポーランド人にしか見えないと断言した。

私たちは夜遅くまで地図を広げ、翌日の予定を語り合った。電話帳でヨスコヴィッチという名前を探し出した。電話をしてみたが、先方はユダヤ系の人ではなかった。

次の日、私たちはユダヤ人墓地へ出かけた。

墓地は夏草が生い茂っていた。隠れて見えなかったのだが、草のなかに寝ていた大きな牛が突然起き上がって、私たちを驚かした。

墓地は想像していたよりはるかに広かった。どうすればこのなかから祖父の墓を捜し出せるのだろうか。私は途方にくれてしまった。墓地の入口近くには古いシナゴーグがあり、ウッジのゲットーで亡くなったユダヤ人の慰霊塔もあった。

墓地の管理人の女性がやってきた。事情を説明して、昔両親が送ってくれた祖父の墓の写真を見せると、事務所へ戻って調べてくれると言って戻っていった。

管理人はすぐ戻ってきた。場所は私の立っているところから七番目の列のところであった。

しかしそれが大変だった。おおよその場所は分かったのだが、墓碑銘がすっかりはがれていて、その列のどれが祖父の墓なのか区別がつかないのだ。当時の墓碑銘は石を刻んだものではなく、表面にセメントでくっつけた簡単なものだったので、長い歳月の間に名前のところがはがれ落ちてしまっていた。私たちは写真をのぞきこみ、背景に写っている景色をたよりに、一つの墓に見当を絞った。

その墓石はなかば土の中に埋まって、周囲に雑草が生い茂っていた。私たちは一生懸命草を引き抜き、墓のまわりの土を手で掘り始めた。はがれたコンクリートのかけらが埋まっているのではないか、あるいは墓の埋もれた部分に墓碑銘がまだ残っているのではないかと考えたからである。

草をいくら引き抜いても、その墓が祖父のものであるか確信はもてなかった。しかしそのあたりの墓石群の中に祖父が眠っていることは確かである。私のルーツやアイデンティティの鍵になるかもしれないと思っていた墓地の中で、私は坐り込んで、たとえようのない疲労を感じていた。

私は祖父に私の歩んだ道、ここまで来ることになった多くのできごとを伝えたかった。現在パレスチナ人の上に起こっていることも知らせたいと思った。「安らかに眠って」とはよく聞く言葉だけれど、墓に眠っている祖父はまだ安らかに眠る時代にはなっていないと言いたかった。眼をさまして、私に、言葉をかけてほしかった。

淋しい気持で私はユダヤ人墓地を離れた。今度は父が昔住んでいた家を探さなければならない。父から聞いていたルトミエルスカ通りは一部しか残っていなかった。番地も変わっている。私は一番古そうな建物の中に入って行った。中は薄暗い。二階に昇ってドアを叩くと、おばあさんが顔を出した。この建物に、戦前から住んでいる人はいないかと尋ねたが、今住んでいるのは皆戦後の人ばかりだという。祖父が営んでいた肉屋のことも聞いたが知らないという。

ルトミエルスカ通り旧九番地の建物へ入り、ドアを叩いた。出てきたおばあさんに事情を話すと、「よかったら一休みしてゆきませんか」と、私たちをまねき入れてくれた。人々は親切だった。しかし私の求めていることはとうとう分からなかった。

疲れがのしかかってきた。私たちは路面電車でゲットー跡へ向かった。

ゲットーの壁の一部は現在も残っていた。そこでちょうどワルシャワ蜂起の展示会をやっていた。当時の廃物利用の戦車が前庭に展示され、建物の入口には、大きなパネルに、二度とファシズムを許さない、と書かれている。中に入ると、当時の写真や、武器類が展示されていた。近くには古い小屋が、二、三軒昔のままに残されていた。寒い冬に、ユダヤ人は自分たちの住んでいる小屋を壊して、その板を燃やして暖をとっていたので、小屋は戦後まで、あまり残らなかったという。それでなくてもナチスは至るところでゲットーに火をつけた。

一〇分位歩くと広場に着いた。何千人ものユダヤ人の子どもたちがここに集められ、ここからアウシュヴィッツ収容所へ送られたのである。大きなハートの像があって、そのハートの前に子どもの姿の像があった。このハートは母親のハートであり、子どもたちは母のハートの中に入るという意味だった。

胸が痛いほど締めつけられた。私は口もきけず、立ちつくしていた。

こんな時代がどうしてあったのだろう。母と子どもを無理やり引き離して、別々に殺していくなんて、残酷すぎる。子どもたちは一人ぼっちのまま死に向かったのだ。悲痛な叫びが身体中から湧き起こってくる。「私はユダヤ人だ、私はユダヤ人だ、私はユダヤ人だ……」

私の中のユダヤ人の意識は一層強まっていった。その時の気持ちは、多分誰一人として分かってはくれないだろう。私は辛さと悲しさの混じり合った気持ちで、孤独だった。

2　アウシュヴィッツへ

翌々日の朝、私たちはアウシュヴィッツ行きのバスに乗った。

歴史上もっとも恐ろしい名前、アウシュヴィッツ。――ここでは毎日毎日何千人もの赤ン坊や子ども、年寄り、女、男、ユダヤ人、ジプシー、ファシズムに抵抗した人々、あらゆる「じゃま者」が虐殺されていった。ここは人間を破壊する工場だった。ここに入ったその瞬間に人間の資格はもぎとられる。そしてその後何が起こったのかは、人間の知っているかぎりの語彙を用いたとしても言い尽くすことができない。

私の親族の多くはここで焼却された。

「アルバイト・マハート・フライ」(仕事は人を自由にするという意味)と書かれた門の周囲は、電流の流れる有刺鉄線で囲まれている。私は子どもたちとともにこの門をくぐった。同じ形、同じ色のレンガ造りの建物が整然と並んでいる。ナチスが整理好きだったということをここに来て思い出した。

建物の一軒一軒が資料館になっていた。資料館の一つに入ると、壁の写真を見ながら当時を説明する人がいた。腕の青い数字のいれずみを見せてくれた。数字の末尾が消えかかっているのは、いれずみされた時、あまりの痛さに強くなめているうちにこうなったという。

私は一枚の絵の前で立ち止まった。壁の前でユダヤ人が射殺され、待機している他のユダヤ人が死体を手押車で運んでいる。

元収容者が説明してくれる。

「この絵に描いてあるとおりのことがここで行なわれていました。私もここで死体運搬の仕事をさせられたのです。当時私は若かったし、ユダヤ人ではなくポーランド人であったから助かりましたが、ほとんどの人は、生き延びることができませんでした。すぐに殺されるか、食糧を与えないまま、このような仕事をさせられるか、どちらかでした。かりに仕事についても、いずれ交代させられ、殺されるのでした」

外へ出ると、ユダヤ人が射殺された壁はそのままに残っていて、誰かが花束を置いていた。千羽鶴もあった。

他の資料館に入ると、そこには髪の毛で作った布地や、靴や義足があった。赤ン坊サイズの靴まであった。ブラシ、眼鏡。それらがすべて山のように積まれており、一つ一つが人間の生きていた痕跡であった。

私の二人の子どもは、眼の前に提示された歴史の証拠品に驚いている。二人の心に再び疑問がわいたのは当然だろう。

「生きのびた人々がイスラエルを作ったの」

「……」

「どうしてイスラエルはパレスチナ人の敵なの」

こんなに恐ろしい目にあったユダヤ人が、どうして今、パレスチナ人に平気で爆弾を落としたり、土地を奪ったりするのだろう。これまでいくたびも説明してきた私だが、この時ばかりは胸が激しく痛んだ。殺されたユダヤ人の膨大な所持品の前に実際に立って、私は動揺していた。私も「どうしてイスラエルはパレスチナ人の敵にならなきゃならないの」と自分に問い返していた。

資料館の一室の壁に多くの人々の顔写真がかけてあった。それぞれの写真の下にはその人の名前が書いてあった。私は親族の名前を探した。しかしそれも徒労に終わった。

ガス室の跡を見つけた。見ない方がよかったのかもしれない。ここでユダヤ人たちは裸にされ、チクロンBのガスを浴びせられたのだ。

別の資料館の入口では大きな一枚の写真が目にとまった。ベッドがわりの棚におしこめられたユダヤ人たちの写真だった。みんなが私の方を見つめている。

疲れきって足をひきずって外に出た。

私の旅はまだ終わっていない。母のことも調べなければならないのだ。

私たちは列車の旅を続け、ポーランドの東方のプシェミシールの街で下りた。ここに私の母がポーランドを脱出したときに渡ったサン川が流れている。現在、ソ連との国境は、プシェミシールの街から一五キロ離れたところにあるが、当時は、サン川の向こう岸はロシア兵で一杯だったという。

サン川は光に輝いて、大勢の子どもたちが泳いでいた。

川の幅は狭く、簡単に渡れそうに見えるが、寒い九月に、泳げない私の母にとっては大変だったにちがいない。弟に手伝ってもらって川を渡ったと母が話してくれたことを思い出す。その後行方不明になった母の弟と母が仲良く一緒に写っている写真が、脳裏に浮かんだ。母の弟は国境を越えてすぐのリボフという町で行方が分からなくなったという。いったい彼は今、生きているのだろうか。殺されたのだろうか。それとも飢えか病気で死んだのだろうか。

リボフの町が見えるところへ向かった。小山を登ってゆくにつれ、眼下にすばらしい景色が広がってゆく。家々はマッチ箱のように小さく見え、自動車がのろのろ動いている。国境の向こうにソ連領が広がっていた。そこに母の弟が行方不明になったリボフの町が見えた。

母の生まれた町ジショフへ着いたのは夜の八時を過ぎていた。私たちは、くたくたに疲れていた。駅の近くにユース・ホステルを見つけ、その日はすぐに床に入った。

翌朝私たちは、母が戦前住んでいた通りを尋ねるために、市役所へ向かった。ジショフの街では、戦後、通りの名前がみな社会主義的な名前に変わっていたから、昔の名を調べなければならない。

市役所で公共事業部のマリアンさんに出会えたことは本当に運が良かった。彼はジショフ生まれで、戦前にユダヤ人の友人をたくさん持っていた。仕事を中断して、マリアンさんは私たちのガイド役をかってでてくれた。

彼はまず、ゲットー跡に案内してくれた。そこは今メーデー広場と呼ばれ、花がきれいに植えてある。しかし、この一画にユダヤ人墓地があったはずなのに、見当たらない。ウッジでは記念碑が建てられていたし、ゲットー跡も一部そのままに残っていたのに、このジショフには記念碑もゲットー跡を示すものもなに一つない。マリアンさんが案内してくれなければ、自分たちがどこにいるのか全く分からなかっただろう。

墓石は何処へ消えてしまったのかと尋ねると「ナチスはユダヤ人墓地を完全に破壊し、墓石をどこかへ運び去ったのです」とマリアンさんはいう。

今このジショフに住んでいるユダヤ人は一人もいない。新旧の二つのシナゴーグがあったが、古いほうは閉鎖されていた。マリアンさんは戦前ユダヤ人の友だちとよくここに遊びに来たと話してくれた。シナゴーグの中庭で、ラビがユダヤ教の戒律に従って鶏の頸動脈を切っていたのを覚えているといった。

新しいシナゴーグはユダヤ人資料館となっていた。私はそこで古いジショフの地図を見せてもらい、母の住んでいたプーコレ通りを調べてからそこに向かった。

通りのあったところは今空き地になっていて、ビル建設工事のために、トラックや資材が積み上げてある。

母の家がパン屋だったことを思い出し、隣の通りにあったパン屋の婦人に尋ねたが、戦前のことは何一つ分からないという。話を聞いている最中に、一人の老婆がやってきて、テープやビデオを取るなと、非常に神経過敏な言い方をした。あまりに腹を立てているので、もしかしたら彼女は何かいろいろと知っているのではないかと疑ってしまった。つまり彼女はもとユダヤ人が住んでいた家に今いるのではないか、それで私が家を取り返しに現われたのだと思ったのではないか……。

ウッジではユダヤ人が生活していたことを感じとることができた。しかしここでは、この二つのシナゴーグを除いて、ユダヤ人の住んでいた痕跡はひとつもなかった。ユダヤ人に出会うことさえない。母の実家であるレルネール家についての情報もなにひとつ得られない。私は次第に気分が重くなっていた。

ユース・ホステルに戻って従業員に、戦前のジショフの街について何か知らないかと尋ねると、テーブルの引き出しからノートを出してきた。

ノートを開くと、古い瓶のラベルがたくさん貼ってある。ラベルにはアルコーという文字とユダヤ教のラビの顔が印刷されている。ホテルの従業員は、私たちにユース・ホステルの外を見ろという。三階建てのこの建物の正面の壁にもアルコーと書いてあった。説明してもらうと、今はユース・ホステルになっているが、この建物は戦前は、アルコー家の住まいだったという。そしてこのアルコー家はユダヤ人で、このジショフで非常に有名な家族で酒屋だったらしい。さきに見たのは、実はここの主人のアルコーさんがつくっていた酒のラベルだったのである。このアルコー家で作られていたリキュールは、ポーランド中で最もおいしかったし、フランスまで輸出もされていたほど有名だったという。

従業員が大きな鍵を取って、私たちを建物の地下に案内してくれた。地下二階までの長い階段を降りると、そこが酒倉で、今はディスコとして使われていた。

このジショフのユダヤ人たちが誇りを持って「モイェ・ジショフ」（私のジショフ）と呼んでいたと、従業員もマリアンさんと同じことを言った。私の心が痛んだ。この街の中心部にユダヤ人が生き生きして、住み、自分たちがジショフの街を流れる血管のひとつひとつだと思っていたのである。

従業員は私たちにこのユース・ホステルの管理人を翌日会わせると言ってくれた。なぜなら、彼の父親は、戦前にユダヤ人学校で、ユダヤ人にポーランド語を教えており、その後、ずっとユダヤ人についての研究をやっていて、たくさんの資料を集めているという。その人はすでに亡くなっているが、管理人自身は父の仕事を受けついだという。

私はなんとなく安心して、部屋に戻った。この街では、ユダヤ人はまったく消し去られてしまったわけではなかったのだ。

翌日私たちは管理人に会った。彼は彼の父の家を案内してくれ、生前に集めた資料や書いた原稿を見せてくれた。彼の本は近々一冊の本として刊行されるという。原稿の最後のページは、次のような文で結ばれていた。「この本を読んだ後、ユダヤ人でこの本の誤りに気付いた人は、お知らせ下さい」

ナチスが撮った写真も見せてくれた。裸にされた人々、自分の墓穴を掘っている人々、ダビデの星のマークをつけた人々などの写真である。

彼はユダヤ人墓地がもう一つあるといって、車で案内してくれた。

そこは誰も管理する者がいないらしく、草ぼうぼうで、墓石は残っているものの、倒れたり、土に埋没していた。ひどい状態の墓地だった。母の苗字のレルネールを捜しても、なかなか見つかるとは思えないほど、めちゃめちゃな状態の墓地だった。

その日、私たちは飛行機でワルシャワに戻らなければならなかったので、時間の許すかぎり、もう一度、母の住んでいたプーコレ通りを歩いて回ることにした。

戦争さえ起こらなければ、私はここで生まれていたのかもしれない。ユダヤ人たちは長い歴史を経て、この町を「モイェ・ジショフ」と呼ぶようになった。彼らはポーランドよりも、この町を自分たちの国家や宇宙と感じていたにちがいない。私に協力してくれた人々は、皆ここの戦前のユダヤ人の思い出を語ってくれた。記念碑はなかったが、思い出が人々の中に残っていた。

私のポーランド旅行も終わりに近づいた。

かつてこの国の街々で、ユダヤ人たちが巨大な文化を作っていた。そしてそれらが無惨に崩壊した。

私がポーランド人として生まれなかったのは、あのナチスが起こったからだ。そしてそれは私のデラシネの歴史の始まりとなった。しかし、デラシネは、ナチス時代以前の全ヨーロッパに原因がある。私は、ようやく、このポーランドの地を踏むことができた。わずか一〇日間。それでも、私が出会ったポーランド人は、皆優しい人ばかりだった。私がユダヤ人だからといって、誰も不信感を持ったことはなかった。むしろ、若い人もそうだが、私の両親の世代の人も、それぞれ、私の作業に協力してくれた。しかし、それらは「すべてが終わってしまった」と感じているからなのではないだろうか。

ポーランドの旅の始まりに、私達は二人の子どもそれぞれにカメラ一台を渡して、今回の旅で写したいものを自由に写させた。子どもたちはありとあらゆる場所で写真を撮りまくった。

日本に戻るチケットはイギリスからだった。それでポーランドからパリに行き、私の両親に会ってからイギリスに向かうことにした。両親は、私達がイギリスへ発つ直前に、日本までの長いフライトに備えて子どもたちにたくさんお菓子を用意してくれた。とてもスーツケースに入り切らなくて、子どもたちがポーランドで撮ったたくさんのネガ・フィルムとお菓子を一つの手荷物にした。

ロンドンでは友人のところで一泊することになっていた。ヒースロー空港でスーツケースを預かり所に預けて、友人の家に着いたのは夜だった。翌日、日本へのフライトは夜の遅い時間だったから、友人の車で昼のうちに美術館へ行くことにした。友人が車を駐車させ、お菓子とフィルムの入った手荷物（カバン）を車に置いて私たちは美術館に向かった。

車に戻ったら車には何の傷跡もなく、しかしカバンだけが盗まれていた。道の反対側に一台のワゴン車が止まっていた。窓はカーテンで閉ざされていたが、運転席には一人の男が座って、ずっと私たちの方を見ていた。モサド（イスラエル国家の対外情報機関）にやられた！　私は今回の旅では、付けられているという気配をずっと感じていた。やはりそうだったのだ。

私の不注意で手荷物が取られてしまい、子どもたちには本当に残念なことになってしまった。二人が一所懸命撮った写真は一枚もない。私にとってもつらいできごとになった。ウッジのおじいさんのお墓や父、母の生まれ故郷、アウシュヴィッツ……悔しくて仕方がない。モサドには写真を全部返してほしい。「ユダヤ人国家」とされるイスラエルが私と私の家族の記憶と記録の一部を奪ってゆくとは皮肉なものだ。もちろん私は決して許さない。

第七章

私のなかの「ユダヤ人」

1　祖先の発見

私はイスラエルを一九七〇年三月に出て、六月に日本にやってきた。その後のことは第一章でふれたとおりである。多くの人々の示唆も受けた。しかしこの作業の結論を導く前に、私の出会ったもう一つの事実を報告しておきたい。

私が自分のアイデンティティを探して父母の国ポーランドに深くかかわっていたとき、私につきまとって離れない一つの疑問があった。それは父母の祖先が、いつ頃どこからポーランドに渡ってきたのだろうか、という疑問である。

ポーランドの歴史にユダヤ人の名が登場するのは、一二世紀以降である。一体そのときに何があったのだろう。一般に信じられているユダヤ史では、ドイツにいたユダヤ人が十字軍に追われてポーランドに来たと説明されている。しかし証拠はない。

そのようなときに、私の手紙を読んだ人が、一冊の本を送ってくれた。夢中になって読んで、私は友人たちに電話をかけまくった。

「私の祖先が分かったわよ。黒海とカスピ海の間にいたハザール人だったのよ！」

私の手に入れた本は、アーサー・ケストラーの『十三番目の支族』("LA TREIZIEME TRIBU")（日本語訳は『ユダヤ人とは誰か――第十三支族　カザール王国の謎』宇野正美訳、三交社、一九九〇年）という本で、そこにはポーランドのユダヤ人の源流が、六世紀から一一世紀初めまで、コーカサス山脈の北、黒海からカスピ海にかけて君臨したハザール帝国のハザール人だと書かれていたのだ。私は驚いて地図を広げた。すると黒海とポーランドの距離は、たった六百キロしかないではないか。しかもハザール帝国の最大範囲とポーランドの南部は、ほとんど重なるくらい近かったのだ。

もっと驚くべきことが分かった。ハザール人は、もともとからのユダヤ教徒ではなかったのである。ハザール人は、次第に脅威となってきたイスラム教勢力とキリスト教勢力にはさまれて、どちらの支配下にも入らないようにするためにユダヤ教に帰依したというのだ。

それまで私はハザールのことを聞いたことがなかった。少なくともシオニストの編纂したユダヤ史からは、抜け落ちたか、故意に隠されているのだ。それも当然だろう。これが大々的に知れれば、シオニズムは破綻するのだから。コーカサスにならともかく、パレスチナに国家を建設する権利など無くなってしまうのだから。

ハザールのことを、もっとよく知りたいと思った。何冊かの百科事典に記述が見られた。膨大な記述をさいていたのは『エンサイクロペディア・ブリタニカ』である。そのあと思いもかけないところからハザールの文字を見つけ出した。一つはバイキングの歴史で、もう一つは蒙古の歴史である。

バイキングは海路と陸路の二つの方向から南下し、勢力を広げ、町々を建設していた。そしてこのバイキングがキエフ公国を建て、ハザールと戦争しているのだ。ハザールを滅ぼしたのはバイキングで、彼らはハザール攻略のためにビザンチン帝国と連合した。この連合のために政略結婚がなされ、キエフ公国はギリシア正教を採用した。それがロシアに正教が広まった原因だというのだ。このキエフ公国がロシアの前身である。

蒙古の歴史にハザールが登場するのは、キエフ公国との戦いに敗れて小さい国になったハザールが、最終的にこの地域から姿を消すのは、蒙古軍の侵入の結果だからである。そしてその頃からポーランドのユダヤ人村の数が増えていくことになるのだ。

ハザールは全盛期には強大な力を持っており、アラブ軍を百年にわたってコーカサスでせき止めていた。もしハザールがなかったらアラブ・イスラム勢力はヨーロッパにおよび、キリスト教の歴史とイスラム教の歴史は書き換えられたに違いない、とケストラーは書いている。

中央アジアのステップ地帯にハザール人が現われるのは五世紀の初めであった。ハザールの意味は、トルコの源という意味で、同時に遊牧民を指した。彼らはコーカサス山脈の北部に国家をつくり、ハザール帝（ハガン）が側近と軍の指導者をひきつれてユダヤ教徒になったのは、七四〇年頃と記録されている。

当時のイブン・ファドランという人の記録には、次のような記述がある。

一年の旅のあと、アラブの使節団がブルガリアに到着し、国王に四千ディナールという金を渡した。これはハザール帝国からブルガリアを守る城塞を築くために必要な金だった。ブルガリア人はハザール人を恐れていた。女たちを略奪したり、重税を課したりするからだ。ブルガリアでは一つのテント（つまり一軒）ごとに、毎年毛皮を一枚、合計五千枚の毛皮を渡さねばならなかったのだ。

イブン・ファドランによると、ハザール帝は大ハガンと呼ばれ、四ヵ月に一度しか人々の前に姿を現わさない。そしてすべての政治は、ハガンベックという執政官が行ない、彼が大ハガンの前に裸足で現われ、命令を受ける。

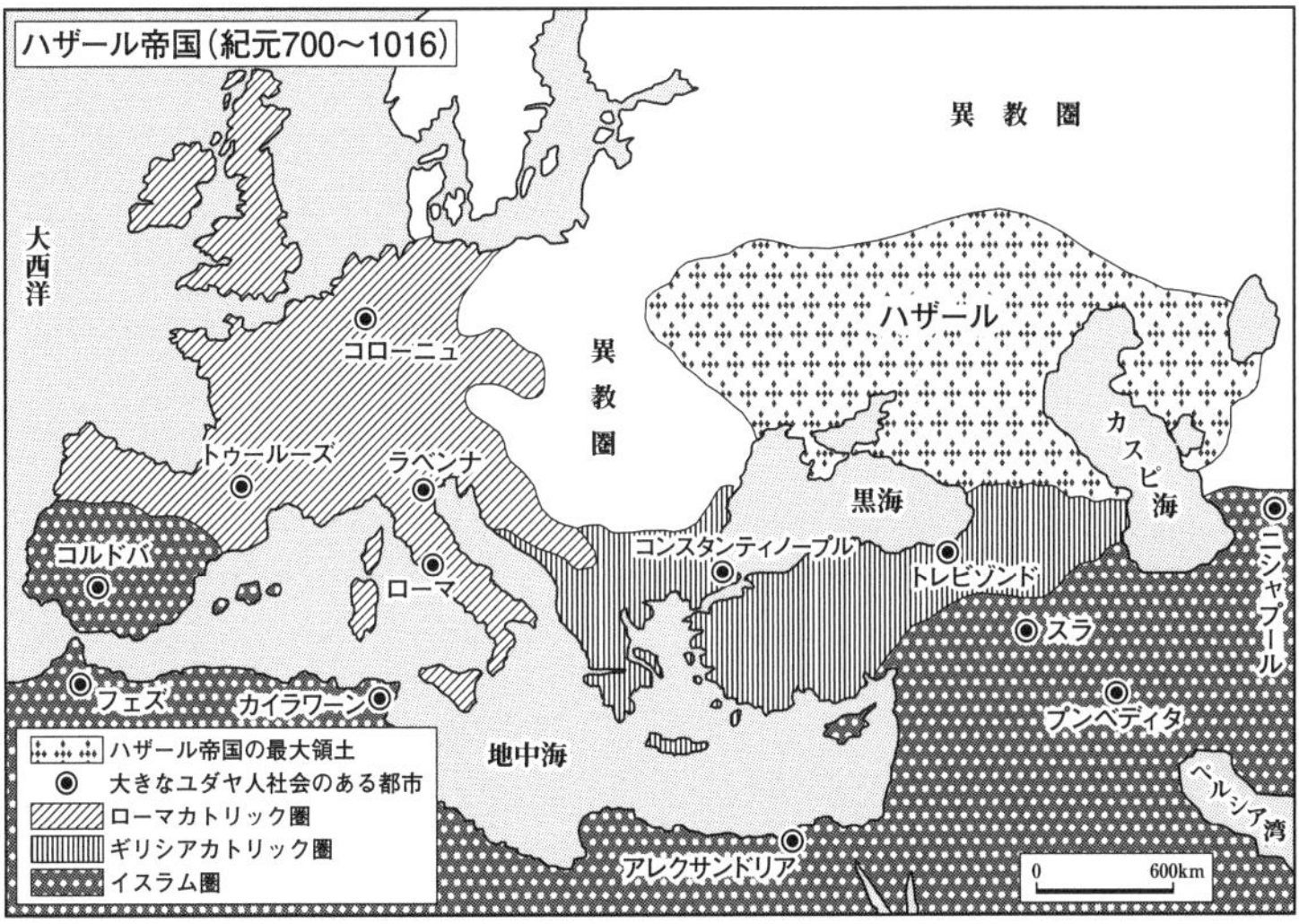
ハザール帝国（紀元700〜1016）
異教圏
大西洋
コローニュ
異教圏
ハザール
カスピ海
トゥールーズ
ラベンナ
黒海
コルドバ
コンスタンティノープル
トレビゾンド
ニシャプール
ローマ
スラ
フェズ
カイラワーン
プンベディタ
地中海
ペルシア湾
ハザール帝国の最大領土
大きなユダヤ人社会のある都市
ローマカトリック圏
ギリシアカトリック圏
イスラム圏
アレクサンドリア
0
600km

イブン・ファドランがブルガリアを旅したとき、ブルガリア人がテント住まいなのに比べて、ハザールは近代的国家であり、レンガ造りの住居に住み、産業も盛んであることに驚いている。ハザールは貿易国だった。ここはシルクロードの北の道に当たった。ハザール帝国は、ここを通過する隊商に税金をかけた。そしてまた、布、ワイン、ハチミツ、スパイス、羊、キビ、米などを輸出した。奴隷の通過にはその値の一〇％の税金をとった。ブルガリア、マジャール人の全商品にも一〇％の税金をとった。これはハザールの強大な軍事力を背景に可能となっていたのである。ハザールとビザンチン帝国がまだ友好関係にあった頃、ペルシアと戦うビザンチンに四万人の軍勢を援軍として送っているほどである。

一方、ビザンチン帝国の圧力で逃げ出したユダヤ人もハザールに移住してくるようになった。ビザンチンはユダヤ教徒をキリスト教徒に改宗させようとしたからである。この人々がハザールに持ち込んだのか、はっきりとは分からないが、イブン・アン・ナディブによると、九八七年頃、ハザール人はヘブライ文字を使っていたそうである。また後年クリミア半島（ハザールの領内にあった）で、石に刻まれたヘブライ語が見つかっているが、これはセム語ではなく、綴りだけヘブライ文字を借りたもので、意味は今でも分かっていない。

ハザールの記録は、スペインのユダヤ人大臣ハスダイ・イブン・シャプータと、ハザール帝ヨセフとの間の往復書簡によっても残されている（九五四〜九六一年）。

ハスダイはスペインのユダヤ教徒の家に生まれ、スペイン王アブデル・ラマン三世に登用され、財政と外交を担当したが、ビザンチン帝国内のユダヤ教徒の運命に不安を感じ、世界のユダヤ教徒の様子を調べていたときに、ペルシアの商人からハザールのことを聞いたのである。ハスダイはこの国が、昔のパレスチナのユダヤの十二支族の一つが建設した国だと思った。それでハザール帝に手紙を出して、人口や、十二支族のどの支族の出身かなどを尋ねた。ハザール帝は面食らった。そして返事に、ハザール人はユダヤの十二支族とは関係なく、政治的理由でユダヤ教に帰依したのだ、と書いた。そして、ユダヤ教としてはカライト（ペルシアに生まれたユダヤ教のセクトで、タルムードなどの律法の書を排し、聖書だけを信じる。後にハザールに逃れ、クリミア半島にカライトの社会を作る）に近いものだと答えた。

八世紀の終わり頃からハザールに平和が訪れた。しかし八三三年、西からの敵に備えるため大城塞が建設されたことが記録されている。この敵がロースと呼ばれたバイキングだった。彼らはハザールの町キエフに力を伸ばし、戦争を繰り返しながら、ハザールに対抗するためビザンチンのギリシア正教をとり入れ、一〇世紀の終わりにはロースはロシアと呼ばれるようになった。ロース人のキエフ公国は、八八二年に誕生し、すべての文化をハザールから吸収した。彼らも大ハガンを持ち、実際の政治に当たるのは、その下の将軍であった。これはバイキングの習慣ではない。

ロシアは、ハザールのサルケスの大城塞を破壊し、首都アーティルも滅ぼした。九六五年のことである。しかしカスピ海のヴェルガ川と黒海のドン川の間の地帯に、ハザールは残った。もちろんロシア占領下の各地にも、ユダヤ人社会は残った。これがソ連のユダヤ人の源流となる。

この地域は一三世紀に、蒙古軍の来襲を受けた。彼らの軍勢はサマルカンドからカスピ海の南を通り、コーカサス山脈を北に越え、ハザールを一二二三年に、キエフを一二三九年に占領し、この辺りにキプチャク汗国（一二四三〜一四八〇年）を作り上げている。

蒙古軍の進軍とともにハザール帝国は消滅した。ハザール人は生き残るため、安全な土地を探しに移住した。こうして多くの人々がポーランドやウクライナに行った。これらの地方には、ハザールとジッド（ユダヤ）を表わす地名が、急に増加した。ハザルチェベック、ハザラ、ハザルゾフ、ジドフスカ、ジッドボー……。すべてハザールの入植民社会の名である。そしてこの頃のポーランドの貨幣が見つかっているが、そこにはヘブライ文字が書かれていた。ボリヤックという研究者は、この文字はハザールのものだと確信している。さらにポーランドのハザール人は、そのほとんどがシュテートルという小さな村を構成した。これはハザールの居住形態で、西欧のユダヤ人社会にはないものだった。

一三世紀後半、ローマ教皇のクレメンス四世は、ポーランドがローマ・キリスト教の下にあるにもかかわらず、あまりにもシナゴーグが多いと不満をもらしている。この頃ハザール人の移民は最高潮で、一五、六世紀までにハザールのステップ地帯は空になり、おおよそ五〇万人と見積られているハザール人のウクライナ、ポーランドその他への移住は完了した。『ユダヤ百科事典』では、一六世紀の世界のユダヤ人口は約一〇〇万人と推計しているから、ハザール人ユダヤ教徒の占める割合がいかに大きいか分かるだろう。

これらの移民は、移住先で重宝された。なぜならシルクロードの隊商路を支配し、税を取りたてていたハザール人は、貿易、金融、税、外交に長じていたからである。

このケストラーのハザール人ユダヤ教徒＝ポーランド人ユダヤ教徒説に対して、今までの歴史家は、前述したように十字軍に追われてドイツのユダヤ人がポーランドに移住したと推測してきた。しかしドイツのユダヤ人が城や森の中に隠れ、十字軍の暴徒が去ると村々に戻って再建したという記録はあるが、ポーランドに移住したという記録はないと、ケストラーは書いている。

ハザールの物語は、私に大きな衝撃を与えた。同時に私の心の中に何か安堵のような気持が湧き上がってきた。うまく言葉にできないが、私は自分と「約束の地」の関係がきっぱり切れたように思えたのである。私はダビデやソロモンとの血縁が無いことになった。ユダヤ民族の祖先がパレスチナを追われ、悲惨な迫害に生き残り、再びパレスチナに戻るというシオニズムの神話にわずらわされることがなくなるわけである。そして、パレスチナにではなくコーカサスに私の根が求められるということは、不正から自分が解放されることになる。それに私は小さい頃から、スラブの地方に言いようのないなつかしさを感じていたのである。さらに言えば、母がポーランドを逃亡した経路は、故郷に向かう道でもあったのではないか。危急存亡のとき、ポーランドのユダヤ人は、知らず識らず祖先の故国に向かったのではないか。ソ連とソ連領で解放されたユダヤ人が中央アジアを目指したのも、単にそこが暖かかったという以上の何かがあったからではないだろうか。

しかし最初の興奮がさめたとき、私はこのような形で自分の祖先探しをすることに、何かこだわりを感じ始めた。ハザールは自分のアイデンティティのためにではなく、民族や国家や血の不気味な真相を映し出す鏡として、私の中での比重を増した。ハザールの歴史を透過すると、「ユダヤ民族」に対して大虐殺を行なったヒトラーも、「ユダヤ民族」が神によって約束された地パレスチナに還る権利を持つというシオニズムも、一体どういうことになるのだろう。「アーリア人」も「ユダヤ人」も、民族の純粋性を求めて、前者は古代ヘブライ民族とは関係のないコーカサスの民族を殺害し、後者はパレスチナを民族的に結びつきのない「ユダヤ人」だけのものにしようとしている。六〇〇万人のユダヤ人死者と、三〇〇万人のパレスチナ難民に対して、一体何をどう説明できるというのだろう。

2 「人種」の落とし穴

東欧系ユダヤ人がハザール出身であり、その人々がユダヤ教への改宗者であることが一〇〇%本当だとしても、それによってユダヤ人の「民族的存在」が消えたわけではない。なぜならハザールにも、各地のユダヤ人が流入したし、それにセファルディと呼ばれるユダヤ人は、もともとパレスチナ出身で、スペインへ行った人々だと考えられているからである。

イスラエルにいたとき、私はターバンを巻いたインド人が畑を耕作しているのを見た。背が高くて褐色の彼らは、どこから見てもインド人で、インドの言葉、インドの服装、インドの文化を持っていた。この人々がユダヤ教徒であると聞いたとき、私にとってのユダヤ民族の概念は吹っ飛んでしまった。同じように黒人がいた。アルジェリア人がいた。イエメン人がいた。フランス人がいた。ポーランド人がいた。イギリス人がいた。まだ会ってはいないが中国人もいるそうである。どの人々も、人種や民族というより、単なる宗教的同一性としか言いようのない存在だった。

現在人種の区分と判定に用いる血液鑑定の方法によるヨシュフェルトの統計値をケストラーが紹介している。

これによってケストラーは、一国内のユダヤ人と非ユダヤ人の差異は、他国間のユダヤ人同士の差異よりも少ないと指摘している。ここにイスラエルの数値がないのが残念である。もしパレスチナ人と同じ値が出たら、イスラエルの指導者はどんな顔をするだろう。それとも世界のユダヤ人の値を足してその数で割った数値が出るのだろうか。

私の母はスラブの顔をしている。父はポーランドの顔としか言いようがない。私もそうなのだ。私はイスラエルで一つの風刺漫画を見たが、それは白人のユダヤ人がイスラエルに着いたら、そこは純粋なユダヤ人の国だと説明されていたのに、黒人もアラブ人もいたのでがっかりしたというものだ。この黒人もアラブ人もユダヤ教徒だったのだ。彼は自分の同胞に有色人種がいたので、こんなはずではないと思ったのである。

アラブ人のユダヤ教徒は、イスラエルではアラブの国に住むユダヤ人、と説明される。アラブの世界ではユダヤは宗教概念だが、イスラエルは民族概念にしたのである。

さらに、ヨーロッパから来たユダヤ人と、アラブ諸国からの「ユダヤ人」とは、同列に考えることができない。後者は長い間、自分たちをアラブ人としてみなし、アラブ語を話し、アラブ文化の中で育った。そしてアラブ人の

国	ユダヤ人	非ユダヤ人
ドイツ	2.74	2.63
ルーマニア	1.54	1.55
ポーランド	1.94	1.55
モロッコ	1.63	1.63
イラク	1.22	1.37
トルキスタン	0.97	0.99

ヨシュフェルトの統計値

中にイスラム教徒もキリスト教徒もいるように、彼らはユダヤ教徒だったのだ。

ユダヤ人とアラブ人という分類をパレスチナに持ち込んだのはヨーロッパだと板垣雄三氏は言う。(板垣雄三編『アラブの解放』平凡社、一九七四年)

そして自分のアイデンティティの危機を感じたのは、このようにイスラエルに来ることによって「アラブ人ユダヤ教徒」から「アラブ出身ユダヤ人」へと変化を強制された人々だろう。彼らはパレスチナに以前から住んでいたアラブ人と、何一つ違ったところはなかった。彼らがユダヤ人である証しは、人種的には求められず、宗教的に求めるほかなかった。そのため彼らは熱狂的なユダヤ教徒にならざるをえず、またアラブ人に対してファナティックな対応をし、デモやストの鎮圧の尖兵になるのだ、とマッペンは分析している。

ユダヤ人を民族的、人種的に見ようとするとき、ケストラーはもう一つ重要な指摘をしている。それはユダヤ人がたとえ聖書の中の古代ユダヤ人と血でつながっているとしても、これまでに猛烈な混血を繰り返したことだ。彼は「そもそも聖書の中のユダヤ人だって混血してきた。純粋なユダヤ民族というのは神話だ」と言うのだ。そう言われればその通りだ。

アブラハムはエジプト人ハガルとの間に子をつくり(創世記一六章)、ユダはカナン人シュアの娘と(同三八章)、ヨセフはエジプト人アセナテと(同四一章)、そしてモーセはミデヤンのチッポラと結婚した(出エジプト記二章)。後にふれるようにダビデにもモアブ人ルツの血が入っている。ダビデもソロモンも多くの異教徒との間に子どもをつくっている。

ユダヤ人の人種的特徴に話を戻そう。まず平均身長は、移住先の国の平均身長にほぼ同じであることが言われている。次にいわゆる鉤鼻《カギ》であるが、フィッシュベルグの調査では、ニューヨークの二八三六人のユダヤ系アメリカ人のうち、鉤鼻は一四％しかいなかった。ポーランドやウクライナを調べた人類学者も、同じような結果を報告している。また鉤鼻はコーカサス地方の特徴の一つだという指摘もある。私がイスラエルにいるときに、鉤鼻の人はそう目につくほどいなかった。

そしてハザールを見るまでもなく、多くの民族がユダヤ教に改宗し、ユダヤ人と呼ばれるようになっている。一方一六世紀のヨーロッパでは同化の風潮が目立ち、ゲットーの壁が建てられたとき、同化は不可能になったが、その壁が破壊されたとき、混血の結婚が急激に増加したとケストラーは指摘している。たとえばドイツでは、一九二一年から二五年の間のユダヤ人一〇〇組の結婚を調査したら、四二組が非ユダヤ人との結婚だったという。

こうして私は今では、血液や身体的特徴などに基づく「ユダヤ民族」の存在などは一切信用していない。

3 返答

「ルティへ。あなたのお手紙に返答するのが非常に困難だったため、返事を差し上げるのが延び延びになってしまいました。あなたの問題に答えることは、現代の偉大な哲学者でも困難でしょう。

ユダヤ人であることが、私にとって何を意味するかという問題について、ある作家（ユダヤ系ロシア人）の言葉を引用することで（十分とは言えませんが）あなたにお答えします。彼の名はイリア・エーレンブルグで、ロシア語を話し、宗教を信ぜず、シオニストでもなく、ユダヤ社会とも関係していません（両親がユダヤ人であることを除いては）。

第二次世界大戦中に彼は反ファシスト・ユダヤ人作家委員会に加わりました。彼は自分がユダヤ人であると宣言し、次のように言ったのです。『ユダヤ人と自ら称する人々と私は結びついている。彼らの血管の中にたとえユダヤ人の血が無くても、その血は血管の外を流れている。反ユダヤ主義が存在する以上、私は自らをユダヤ人と呼ぶだろう』

もちろん完全な回答ではありません。失われ、忘れ去られ、再び獲得された言語や文化や伝統がありますし、歌や旋律、そのほかいろいろな素晴らしいことがありますが、私にはこれ以上分かりません。あなたの経歴、つまりあなたの家族がウッジ出身で（ウッジは私の生まれ故郷なのです）、それから世界を彷徨い、あなたが日本に至ったという事実は、戦争という波に流され、憎まれ、自分の土地から引き離されてきたユダヤ系の人々の多くに特徴的なことです。ナショナリズムもインターナショナリズムもこのような状況を踏まえなければなりません」（プニナ・フューラー、キブツ・ヤドハナ、イスラエル）

プニナはリュウイチの友人で、イスラエルで唯一の共産党キブツのメンバーだ。しかしハンガリー事件でスターリン批判派に回り、親ソ派を貫くラカハ党には参加せず、アキというグループを作っている。このプニナは単に反イスラエル主義に対してユダヤ人だと宣言するということ以上に何かがあることをほのめかしているが、適切な言葉とならなかったもどかしさを感じることができる。

「……私の友人のボリンの父親はユダヤ人で、母親は非ユダヤ人でした。彼は宗教は不可知論者、国籍はロシア系アメリカ人で、ユダヤ文化に心酔し、そのために彼は精神的に豊かであったのだと私は思います。『あなたのアイデンティティを言って下さい』と言っていましたね。

私は大地の娘。ユダヤ人の両親のもとにロシアのウクライナに生まれた――本当になつかしい思いで、私のユダヤの家庭を想い出します！　宗教？　無し。不可知論者。生活信条……アナキズム。

あなたは『私のアイデンティティは、それを私が深く考えない限り、見出せないでしょう』とはっきり言っています。その通りですとも！　あなたが、あなただけがこの問題を解決できるのです。しかし反ユダヤ主義がいつも国家や教会の陰にひそんでいることも銘記するべきです。これらが混迷する時、その解決法として反ユダヤ主義へと方向を転じるのです。

ソーンヌからあなたの手紙を読ませてもらい、返事を書きました」（モリー・スタイマー、アメリカ）

アナキストである彼女は、ユダヤ教のすべてから自由だ。しかし反ユダヤ主義のことをつけ加えた彼女は、それでも他人が迫害のためにユダヤ人の存在を必要とし、私たちがユダヤ人であることを、いつでも呼び起こしますよ、と言っている。

「昨年『メリップ・レポート』誌（アメリカの中東専門誌）の友人から、あなたの手紙に返事するようにと頼まれました。返答に長い間かかってしまったことをお詫びします。

私はニューヨーク市のユダヤ社会で育ちました。祖父母はオーストリア出身で、一九〇二年にアメリカに来ました。彼らと私の両親は、ユダヤ人としてのアイデンティティを持ち続けたいと強く望んでいました。同時に経済的には成功して、東欧のユダヤ人としては考えられないほど、アメリカ社会に同化することができました。

彼らは明確に『ユダヤ系アメリカ人』のアイデンティティを求めていました。それは信仰というより、一連の文化的伝統、つまり特別な民族的経歴として規定されるものです。安息日《シャバット》や飲食の規定《コシェル》は守りませんでしたが、特別な祭日（新年、過越の祭りなど）は守っていました。このような日には特別な料理が食卓に用意され、礼拝の代わりに家族の集いが行なわれました。

ユダヤ人のアイデンティティはまた、抑圧された集団との同一視をも意味するのです。アメリカでは物理的虐待のようなひどいものはほとんど聞かれませんが、反ユダヤ主義は確かに存在します。

しかし反ユダヤ主義の恐怖は、決して架空のものではなく、ナチスがドイツで権力を握り、第二次世界大戦を経験し、強制収容所が暴露されることで一層強められました。この恐怖の結果として、シオニストのイデオロギーがユダヤ社会で支配的になれたのでした。私が成長した一九五〇年代に、シオニズムはユダヤ系アメリカ人のほとんどにとって、ユダヤ教と同じぐらい重要なものになりました。これもまた私のアイデンティティの一部となりました。

後に成長して、私は子どもの頃は受け入れることのなかったユダヤ教を信仰するようになりました。しかしさらに勉強したり、いろいろと経験した後、特にアメリカにおける黒人に対する人種差別を知るようになって、そしてアメリカ帝国主義の世界中の非白人へのすべての抑圧を知って、私はマルクス主義者になりました。私は今では、ユダヤ人問題の解決法として、信仰もシオニズムも拒否します。

しかし、ユダヤ人であることは、私の背景そのもの、すなわち私の先祖たちのありようそのものであるという意味においてのみ、私はユダヤ人なのです。私が反シオニストだからユダヤ人ではない、という人がいても構いません。私が神を信じていないからユダヤ人ではないという人がいても構いません。また私はユダヤ人になろうとするユダヤ人ではありません。アメリカのすべての労働者が、社会主義の運動を発展させることが、私の最大の関心事なのです。

あなたの経歴は、私の目を見張らせるものがあります。多くの点で他にはないものがありますし、ユダヤ人であることが何を意味するのかということを見出そうとすることが、あなたにとってなぜ重要なのかよく分かります。もちろん、それに答えることなど私にはできません」（シャロン・ローズ、アメリカ）

このまだ会ったことのないシャロン氏の控え目な表現が、私には一番ぴったりくるように思える。自分の背景そのものであるという意味においてのみ、自分はユダヤ人であると言えるというのだ。

「私は実は、ナチスに対する戦争のために当時のパレスチナからの志願兵として、英軍に従軍していた者です。私はチェコスロバキアに生まれ、一九三八年にパレスチナに亡命したのです。

『ユダヤ人のアイデンティティ』は、お答えしにくいご質問です。それは個人個人によって異なるものであり、一般化しても役立ちません。周囲の『他者』に触れてはじめて気づくまでは、ユダヤ人であることを感じない人もいますし、いやそれが大多数かもしれません。ヒトラーの登場前は、ほとんどのユダヤ系ドイツ人は、その周囲に同化していました。今日のアメリカ、フランス、カナダなどのユダヤ人についても、事情は同じです。ある人々にとっては『ユダヤ人である』とは、シナゴーグへ出かけること、あるいはユダヤ共同体に金を出すこと、または『イスラエル国債』を買うことを意味するかもしれません。イスラエルへの移住を考える人もいるでしょうし、ユダヤ教の篤信家になる人もいるでしょう。またユダヤ的特質と何のかかわりも持つまいとする人もいるかもしれません。

イスラエル本国においても『ユダヤ人とは何か』という問いに対する答はないのです（正統派の宗教法に基づく形式的な定義は別として）。このようなわけで、各人はそれぞれの感性、推論、経験に基づいて、自分自身でこの問題を解決しなければならないのです。これは全くのところ、時と所、アイデンティティを求める人自身が身を置く具体的な生活条件に依存するのです。

参考までに一言述べさせてもらいますと、あなたのアイデンティティを、ポーランド及びソ連における御両親の体験の中に求めようとはなさらないことです。あなたはあなたであって、全く異なる世界と時代に生きているのですから。

もう一つ言わせて頂ければ、確信はないのですが、お子さん方には複雑で問題の多い過去を背負わせない方がむしろいいのではないでしょうか。いずれにしてもその決定はあなたに課せられたことです。

『私のアイデンティティ』についてお尋ねですからお答えしますが、私の例は『典型的なもの』（仮にそんなものが存在するとして）ではありません。私は自分は（国籍上）イスラエル人だと思っています（私の身分証明書には、ナショナリティはユダヤであると国家の手で書き込まれていますが）。私は愛国主義者でもなければ、シオニストでもありません。また多分、寛容なヒューマニズム的傾向を持った一家で育ったせいでしょうか、宗教には無関心です。だから仮にイスラエル人の典型があるとしましても、私をそう見なすことはできません。

つけ加えますと、われわれ同時代の人間がアイデンティティを求めるのは、生き方の中にそれだけ多くの難問があるためではないでしょうか。アイデンティティの探求は、一人あなたの問題にとどまらず、全世界の数知れぬ人々が何らかの意味で問題にしているのです。私もその一人です。

申しわけありませんが、これくらいしかお役に立てません」（アモス・ボリン、ジャーナリスト、イスラエル）

一通一通の手紙に、私は温かい感慨を抱いた。そして「ユダヤ人」と言われたり、「ユダヤ人」と自ら宣言する人々のぶつかっている壁が、世界中で似通っているということも分かった。あと一通の手紙を紹介しておく。

「私は『自由労働者の声』誌の最後の編集長です。私は年齢があなたの二倍以上ありますが、私たちは多くの点で似通っています。

私はあなたのお父さんの故郷のウッジで生まれました。そこに私は一八歳までいました。私の両親は本当に幸せなことに、ナチスがウッジに来る前に天寿を全うしました。しかし私のたった一人の姉と彼女の幼い子どもたちは、アウシュヴィッツで消えました。私もまたポーランドで、大勢の親戚を亡くしたのです。ほんの少数の人が助かって、彼らは今イスラエルに住んでいます。

私は、自分がユダヤ人であることを、ユダヤ教から出発しました。私は中産階級の上の方の家庭で、イーディッシュ語を話すハシディスト（一八世紀にポーランドに起こったユダヤ教の一派）として育ち、聖書とタルムードを学びました。そして一五歳まで、黒いハシディストの服を着て、もみ上げを長く伸ばしていたのです。

ウッジから私はパリに逃げました。そしてパリでの四年間に、アメリカのサッコとヴァンゼッティの裁判（一九二〇年代アメリカで、アナキストのイタリア系の二人、サッコとヴァンゼッティが殺人の容疑で逮捕され、証拠もなく起訴、情況証拠だけで死刑の判決を受けた。裁判の前後、多くの識者、自由主義者等の反対運動が行なわれたが、二人は処刑された）を通して、私はアナキズムに興味を持つようになりました。結局私は、自分の宗教のくびきを解き放って、無神論のユダヤ人になりました。そして私はイーディッシュの非宗教的な文化を、私の生活にとり入れました。

私はイーディッシュ・アナキストになり、ユダヤ自由社会主義《リバータリアン》に強くひかれました。あなたが自分のアイデンティティを自分の手で見出そうとするとき、私はあなたの力になることを約束します。必要な文献はお送りします。私はあなたが自分のアイデンティティを見つけたとき、完全に報われたと考えるでしょう。忘れないで下さい。第二次世界大戦と、あの大虐殺のために打ち砕かれてしまった自分のアイデンティティを探し求めている人が、ユダヤ人だけでなく大勢いるのです」（アルヌ・ソーンヌ、アメリカ）

4　固有名詞のアイデンティティ

一〇〇〇人を超える出席者の拍手と、一〇〇人ものジャーナリストのカメラの閃光の中で、アラファト議長がスピーチを終わった。一九八一年一〇月一三日、新宿の京王プラザホテルである。会場は大混雑していた。後の方で二人の子どもとともに見ていた私は、子どもたちに引きずられて知らず識らず前の方に出ていた。

突然アラファト議長が、ＳＰの肩越しに手を差し出した。彼は私の子どもを抱きあげ、キス攻めにした。子どもも大喜びだった。私も手を差し出した。議長の手は思ったよりも温かく柔らかかった。私は何か言いたいと思った。しかし言葉が出てこなかった。

「私はユダヤ人なのですよ。でもあなたをとても歓迎しているのですよ」

と言えばよかったのだろうか。もっとふさわしい言葉はないのだろうか。

リュウイチがこのレセプションの進行責任者になっていた。しかし彼は私と子どもがアラファト議長と握手したりキスしたりしたことを知らなかった。何しろあの人混みだったから。その後このシーンはテレビや新聞で流れたが、彼はそれにわざわざコメントをつけて、私たちの出自を知らせるようなことはしなかった。だからあのときアラファト議長の腕の中にいた二人の子どもが、ユダヤ系フランス人と日本人との間の子どもであったことは、誰も知らないに違いない。

1981 年、訪日した PLO（パレスチナ解放機構）議長ヤセル・アラファトに抱かれる、
著者の子どもたち、タミィとレイ。

アラファト議長がそれを知ったら何と言うだろうか。ユダヤ人とパレスチナ人が日本人の前で握手するということほど象徴的なことはない。もしかしたら彼は知っていたのかもしれない。彼の隣にはPLOの駐日代表のハミード氏がいて、彼は私をよく知っていたのだから。

これは私の生涯でも感動的な瞬間だった。しかし私の踏み越えた世界は、単にドイッチャーの言う「非ユダヤ的ユダヤ人」とか「ユダヤ人村の境界を越え」た者以上にタブーの世界であることは、私は心得ておかねばならなかった。イスラエルにとっては、私は「魂を売り渡した裏切り者」ということになるのだから。

しかし私は誰にも魂は売っていない。私は一人の人間として自立を求め、私を束縛してきたすべてのものから解放されたいと思った。そしてその過程で、それまで見えなかったものが見えてきた。そして私は自分一人の責任で自分の行動を決定し、ノンとかウイとか言ったまでだ。

そしてまた、私は六〇〇万人の犠牲者を裏切ったという非難も受け付けることはできない。その反対なのだ。ホロコーストに消えた人々を穢して裏切ったのは、現在のイスラエルの指導者の方ではないか、と私は思うのだ。

サブリ・ジェリスに会ったとき、ユダヤ人が、ヨーロッパで大虐殺を経験したあと、パレスチナ人にこんな仕打ちをしたということで、私の恐怖は支えきれないほど深いものとなった。両親は、私がまだ幼かった頃から、ファシズムの脅威や戦争への憎悪を、何度も繰り返して聞かせてくれた。そしてその人々が、私たちの世代に何を残してくれただろうか。受難のユダヤ人の「聖地」というパレスチナの土地で、私が見出したものといえば、自分たちの不幸に何のかかわりもない一民族に対する、おかど違いの復讐にすぎなかったのだ。ユダヤ人を選んで「約束の地」を与えた神は、やはり偏狭な人間の野心の中で復活した。

イスラエルで私は「仕方ない《エイン・ブレラ》」という言葉を頻繁に耳にした。シオニズムを信奉するイスラエル人たちは、アラブに対する自分たちの誤り（誤りと認めた場合）を、すべてこの言葉で弁解する。そしてまた、いつか自分たちの過ちを告白しなければならない日が来れば、戦後のドイツ人のように「私は知らなかったのです」と言うのかもしれない。しかし今やシオニズムの中からさえも「世界はユダヤ国家を、アラブに対して何をしたかで判断するだろう」という声が出ているほどなのだ。しかもこれは世界シオニスト機構の前議長ハイム・ヴァイツマンの言葉なのだ。

イスラエルの状況を知るにつれ、私は猜疑心の固まりになり、何故ユダヤ人が、という思いが絶望感とともに広がったが、たった一つ確信をもって言えることがあるように感じた。それは「選ばれた民」とか「ユダヤ人の純潔性」を信じる時代は終わったのだということだった。そしてそのうち、これらの言葉こそファシズムの常套語だったのだと知るようになった。

ユダヤ人は人種的民族的存在であると考えた人々が、この歴史上に二種類いた。一つはヒトラーを頂点とする反ユダヤ主義者、もう一つはシオニストである。前者のニュールンベルク法は人種差別法として有名だが、そこには「父母または祖父母の一人がユダヤ教徒であれば、その人間はユダヤ人である」と規定してある。イスラエルの現在採用しているユダヤ人定義は「母親がユダヤ人か、あるいはユダヤ教徒」というものである。そしてイスラエルは宗教法の支配のもとに、いよいよ非ユダヤ人差別を進めた。これに対してユネスコは、イスラエルを人種差別国家であると決めつけた。

もちろんイスラエルの側はそんなことを気にもかけていない。

ナチスは、同化を求めた人にさえ、ユダヤ民族というアイデンティティを与えた。その人々の死と引き換えに。そしてイスラエルも私たちにユダヤ民族というアイデンティティを与えようとしている。そして今度はパレスチナ人の犠牲の上に、である。私はこのような身分証明はいらない。

ハザール人はどうだろうか。シオニズムの描いた世界史に疑問を感じた私は、ハザールの存在に出会い、自分の祖先はハザール人だった可能性が非常に強いことを知った。私の根が、遠い祖先の時代にパレスチナではなくコーカサスにあったということは、素晴らしい発見であるように思えた。しかし「私はハザール人だ」ということは、現代にどれだけの意味を持つだろう。それはシオニズムの神話を打ち砕くためには有効だ。しかし自己のアイデンティティを掴まえるためには役立たない。それにこれは新しいシオニズムに通じるような気がする。しかも六〇〇万人の犠牲者は、ユダヤ人でなくてハザール人だったら殺されなかったわけではない。ヒトラーは人種・民族問題を利用しただけだ。

私がこんなことを考え、報告をまとめていた頃、一九八一年の一〇月末、フランス大使館から電話がかかってきた。私にパスポートを発給するというのだ。私のフランス国籍復活請求書は、フランス領事の出した国籍抹消届のあとを追跡して、最後の戸籍原本が消える直前に間に合ったのだ。フランスのビューロクラシーが幸いしたのである。こうして私は官製のアイデンティティ・カードを、やっと手にすることができた。新しい身分証明書には相変わらず「ハデラ出生」と書いてあった。

これで問題は振り出しに戻ってしまった。しかし同時に一つのことに私は気付いた。私は自分のアイデンティティを探す作業を、消去法で進めていたのではないだろうか。多くのもののうち、該当しないものを消していって（たとえば私はユダヤ教徒ではないとか）、残ったものを探そうとしたことはなかっただろうか。

私の手紙に対する返事の中で、どうしても気になることがある。それはパレスチナ問題への対応を、自分のアイデンティティ決定の基盤に据えた人がいなかったことである。もちろんアイデンティティとはアプリオリにあるものだと考える人もいるし、また実際にその人々の方が圧倒的に多数派だろう。これらの人々がパレスチナ問題のことを考慮しないというのは理解できる。しかし私に返事をくれた人々は、アプリオリなユダヤ人の存在に疑いを感じていた人々ばかりだった。そして彼らは、反ユダヤ主義が自分をユダヤ人にするという考えに共感を示していた。しかし現在のイスラエルとアメリカの人々が、そう考えるということには、一体どれほどの意味があるのだろうか。

いつかまた反ユダヤ主義が甦るという考えは、私たちの過去を背景に説得力を持っている。私も世界中で反ユダヤ主義は生きていると感じている。しかしイスラエルではむしろ、ユダヤ民族主義が反パレスチナ主義という差別と迫害を日々生み出し、それをアメリカが全面的に支えているのではないだろうか。

私は今、一つの考えに傾きつつある。為政者は国籍や民族や宗教という形で、アイデンティティを奪いもするが与えもする。それに対して私は、アイデンティティ以前に、人間の存在があるのだということを、まず考えざるをえない。そうすると基本的には、ルティ（私の名はフランス語読みではルットであるため、公式書類上ルットになっているが、日本では、ヘブライ語読みのルティを用いている）という固有名詞のアイデンティティを自立させることが、一番大切なことに思えてくる。人間の存在は、アイデンティティ以上に確かなものなのだ。宗教と国籍と民族のどれもにうまく当てはまらないからといって、あるいはそれら以外に人を規定する言葉がないからといって、その人の存在のあり方が間違っているのでは決してないはずだ。それ以上の民族性や国籍へのこだわりは、何のために、何に向けてということが重要であって、その求め方が、人間を抑えつけ、差別するのであれば、私は偏狭な人間集団に帰属することになり、人間を自由にし、解放していくためであれば、もっと広い世界の人々に帰属することになる。

しかし私に宛てた手紙で「ユダヤ人とは私の背景だ」と言った人がいた。私はユダヤ教徒ではない、これははっきりしている。そして「ユダヤ教徒＝ユダヤ人」という図式の、前者が消え、後者を拒否しても、私とユダヤ人の関係そのものは消えずに残った。だから私の背景がユダヤ人であることを、私は打ち消すつもりはない。私はそのような文化の中で育ち、そのため殺された人々と共通の背景を持っている。それ以上のことでもそれ以下のことでもない。それを民族性の問題とすることに私は訣別した。私がユダヤ的な世界と切り離せないつながりを持っていることを私は否定しないが、私にユダヤ人としての運命を迫られても、見当違いなのだ。

私の今回の作業の中で、私が追求しきれなかった一つの大切な問題があることも、言っておかねばならない。それは「ユダヤ人が何故迫害されたか」という問題だ。確かにこれほど「ユダヤ人とは

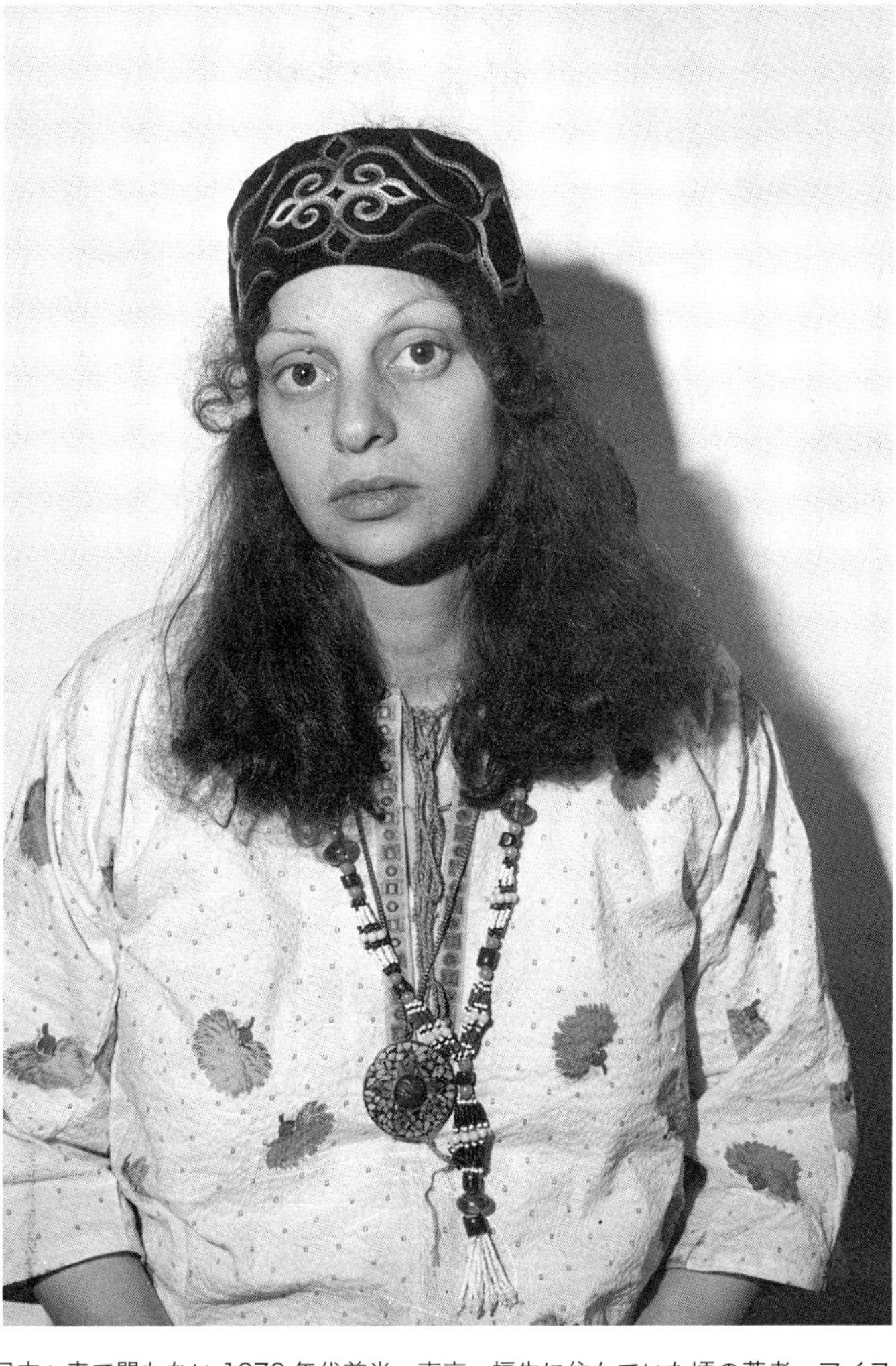

日本へ来て間もない1970年代前半、東京・福生に住んでいた頃の著者。アイヌ民族伝統のヘアバンド、マタンプシを頭に巻いている。

何か」というテーマに肉薄する問題はない。しかしまたこれには多様な見方があることも事実である。今では心ある人は、ユダがキリストを裏切ったからなどという非歴史的なことを言いはしない。そこには教会や国家や資本の権力の意図が働いていた。そして当然のことに、ユダヤ人迫害の原因を何に求めるかということが、ユダヤ人問題解決の方法を決定する。

ダビドヴィッチは「近代ドイツのユダヤ人排斥主義は、キリスト教的反ユダヤ主義とドイツ・ナショナリズムとの結婚から生まれた私生児なのである」としている。私はこの考えは支持できない。私はキリスト教的反ユダヤ主義というものを基本的に認めない。多くの国々ではキリスト教が国家権力と結びつき、そのため資本家や国家の要求を満たす尖兵となっていたのである。むしろ私は、少々乱暴だけれども、ドイッチャーの考えに共感する。彼は「くずれかけている資本主義はあまりにも長い間生きのびたのである。そして道徳的に人間を堕落させてしまっていた。そしてわれわれユダヤ人はその支払いをさせられたのである」と書いている。もっと分析を進めたのは、アウシュヴィッツで若くして殺されたアブラム・レオンである。彼は「階級＝民族」という概念を用い、資本主義の生成に果たしたユダヤ人の特殊な役割ゆえに、ユダヤ人は生き延びたし、同時に迫害されたと言う。そのため彼にとってのユダヤ人解放は、社会主義の中でしか可能とならないのだ。

ドイツで、ヒトラーがユダヤ人を追放か絶滅かのどちらにするか迷っていた頃、この国のユダヤ人約五〇〇万人は、彼らなりのユダヤ人問題の解決法を模索していた。

ヒトラーが権力を握った当時、ドイツのユダヤ人社会に最大の影響力を持っていたのは、CV（ユダヤ教徒ドイツ市民の中央協会）だった。ドイツに同化することによって問題解決をはかろうという党である。しかしこの党は、いやがうえにも高まるファシズムの嵐の中で、ドイツ国民投票（一九三三年一一月一二日）ではナチスに投票するようにと呼びかけたとき、すでに魂を売り渡していた。

そして一切の妥協を拒絶するファシズムの姿が明確になるにつれ、同化派の影響力が決定的に弱まり、シオニズムの諸党派の力が増していった。ユダヤ人問題の解決をパレスチナへの移民と国家建設という形ではかろうという勢力である。ユダヤ人をドイツの外へ、という点ではシオニストとナチスの目的は一致していたので、シオニストはナチスと交渉し、自分たちをユダヤ側の正統な代表と認知するようにと働きかけていた。

一方、ポーランドでは、ユダヤ人問題の解決が、ユダヤ人社会の中で、次のような形で考えられていた。私の手紙を『メリップ・レポート』誌経由で受け取ったというシャロン・ローズ氏の手紙を紹介する。

「……それには三つの相反する方向がありました。第一はシオニストの方向で、これはご存知のとおりです。第二はブントの方向で、ユダヤ人解放を社会主義の闘いに結束する中で求めていましたが、自立したユダヤ人社会主義組織を持つことが必要だと考えていました。ブントはロシアとポーランドに大きな勢力を持ち、ポーランドではナチスの侵攻直前の最後の選挙で、ワルシャワ市議会のユダヤ地区代表の全議席を獲得しました。しかしブントの党指導部は、戦争でほとんど壊滅し、ユダヤ人生存者はその後のブントのイデオロギーを拒絶していったのです。最後の一つは共産党の方向で、ユダヤ人の解放は、共産主義の建設で勝ち取られるというものです。彼らはファシズムに対しては、ブントと共同戦線を組みました」

このときファシズムに敗北したのは、単にポーランドやその他の諸国家だけではなかった。ユダヤ人を解放するという社会主義の運動と理想が、ほとんど死滅するほどの決定的打撃を受けたのである。そして最終的なドイツの敗北によって、連合国側は国土を回復することができたが、ユダヤ人の社会主義的解放という思想は、六〇〇万の犠牲者とともに復活することがなかった。そして最後のシオニズム的な解決の道は、パレスチナの地で原住民の悲劇を生み出す結果となっていくのである。

だから私は、ユダヤ人もパレスチナ人も共に解放する道は、死に絶えた社会主義的方法を復活させるほかはないと思う。

最後に現状を象徴する次のデータを挙げておく。

一九六七年の六月戦争のとき、アメリカのユダヤ人の九九%がイスラエルを支持した。ナチスの虐殺が明るみに出たあと、アメリカのユダヤ人のほとんどは、シオニズム支持に回った。一九六八年度で、アメリカのユダヤ人は、七六〇〇万ドルにおよぶイスラエル国債を買い、年間数千ドルの基金を送っている。そして親の九四%、子の八七%がイスラエルに賛成している一方で、イスラエルに住みたいと考えている者は四%弱である。(リバートン調査)

私はフランス語を教える日々に戻った。子どもたちはあいかわらず部屋の中を飛び回っている。尾行もほとんど目にしなくなった。しかしテレビではレバノン南部のパレスチナ人キャンプが爆撃され、数十名が死んだことが伝えられるようになった。

終章

異教徒の中へ

国家にしばられることを嫌悪する私は、無国籍になった時に、もっとも幸せな状況だったかもしれない。何人かの人は「まあ素晴らしい」と言った。その人々は、それが私にとってどれほど不自由で不幸なことか、いやというほど思い知ることになる。

私はすぐに友人の青野聰さんに連絡した。彼はちょうどその時、沖縄の無国籍児について調べているところだった。数日後、青野さんは『毎日新聞』に、無国籍について書いた。

「国籍法に記されている帰化許可申請の条件を明らかに充たしていると思われる知り合いの女性が、手続きの過程でそれまでのフランス国籍を失い無国籍になった。『国籍を有せず、又は日本の国籍取得によってその国籍を失うべきこと』という条文に沿って大使館と役所のあいだを往ったり来たりしているうちにそうなったのだが、これで法務局がもし帰化を認めなかったら、彼女は文字通り無国籍者となる。二児の母親として日頃は活発な彼女も、事情を報告する茶話会にあらわれたときには意気消沈し、見るかげもなく痩せ細ったのは、のしかかる国籍喪失の重圧を、幾度か口にした『もうわたし疲れたよ』という言葉以上によく説明していた。

ぼくには、日本国籍は有難く頂戴するものらしいから少し焦らされているだけだよ、と軽口をたたくことしかできなかった。じっさいのところ、国籍を持たない者の苦痛や不安は、国籍を失う可能性すらもない日本人にはわかりにくく、その発生を想像するよりもむしろ、『ヒッピー』と同様に『無国籍者』という語に蔑視の感情をこめる方がたやすい傾向にあり、法的な手続きの最中、あるいは沖縄に集中的にあらわれているように、父系血統主義に拠って立った法律そのもののせいで、無国籍児がつくりだされていることを見落としがちである。

無国籍ということは戸籍がないということであり、戸籍がないということは――。生きてゆくうえで戸籍を必要とする場合がいかに多いかを考えると、法を支えていることになっている一日本人として愕然とする』(一九八一年五月二二日付『毎日新聞』夕刊「視点」)

今の世の中では、無国籍ということは、決して国家からの解放ということを意味しない。いつか未来にそういう状態になることもあるかもしれないが、世界中が国境で線引きされた現在では、無国籍ということは悲惨である。しかし無国籍者を出さないということを国是としているフランスの方が、私に救済の手を差しのべ、私はフランス人に戻った。

私は日本国籍を求めて拒否された。しかし一方で、私は「ユダヤ民族」というアイデンティティを、自分から拒み続けた。

「あなたは名前のとおり、ユダヤ人になろうとしたけど、なりきれなくて異教徒の中に戻っていくのね」と姉のマルヴィナが書いて寄こす。私の名ルットは聖書の「ルツ記」に由来していると以前に書いたが、それは次のような物語である。

ベツレヘムのユダヤ人が、モアブの野(死海の東方)に移住した。飢饉に見舞われたためである。この人は妻ナオミと二人の息子を連れて行ったが、妻子を残して他界した。息子たちはモアブ人の女を妻に迎えたが、彼らもまた死に、ナオミと二人の嫁が残された。ナオミはベツレヘムに戻ることにしたが、一人の嫁だけはどうしてもついて行くと言い張った。これがルツである。彼女は「あなたの民は私の民、あなたの神は私の神です」と言った。

ルツはナオミに連れられてベツレヘムに戻り、ナオミの亡夫の親戚のボアズという人の畑に落穂拾いに行き、そこでボアズに親切にされたので、「私が外国人であるのを知りながら、どうして親切にしてくださるのですか」と尋ねた。ボアズは「あなたの夫が亡くなってから、あなたが姑にしたこと、それにあなたの父母や生まれた国を離れて、これまで知らなかった民のところに来たことについて、私はすっかり話を聞いています。主があなたのしたことに報いてくださるように」と答えた。ルツはユダヤに同化し帰化した女だったのだ。この後彼女はボアズと結婚し（その過程にはいろんなユダヤ教のしきたりがあるのだが）子どもを生む。そしてこの子がダビデ王の祖父にあたるのである。

姉のマルヴィナの言葉には二つの意味がこめられている。一つは私が「ルツ記」を穢したこと、そしてもう一つは半ば冗談をまじえた「やっぱり異教徒からユダヤ人になった者なんて信用できないからね」と言っているのだ。

家族の中で私一人がユダヤの群を離れて、遠い国日本にまで来てしまった。そして日本でリュウイチと結婚したとき、娘がいつかユダヤの正統の流れに戻るだろうという淡い希望を抱いていた両親の期待は消えた。その代わり長男の玲を出産したとき、その子に割礼するように言ってきた。しかし私たちはそうしなかった。割礼は今では健康上の理由で日本でもずい分普及しているのを私は知っているが、ユダヤ教との結びつきが大きい分だけ、私たちは拒絶したのだ。私は両親の希望と期待にそえないことを悲しいと思っているが、同時に仕方がないと思っている。

増補新版のためのあとがき

一

一九八一年、来日の際に私の子どもたちを抱き上げてくれたヤーセル・アラファトはもはやこの世にいない。

娘のタミィは今年で三五歳になり、もうじき初めての赤ちゃんを産む。マクロビオティックのインストラクターとして活躍する傍ら、絵描きとして、ミュージッシャンとしても活躍している。息子のレイは三三歳で二歳の男の子と今年の一月に生まれた男の子のお父さん。去年の四月に東京を離れて、愛知県に引っ越した。仕事の傍ら、畑での野菜作りに熱心だ。

パリに住んでいた私の両親はこれまでに何度もイスラエルを訪問していたが、数年前の訪問のときには、そのままパリに戻ることはなかった。パリに住んでいた姉夫婦は両親より先にイスラエルにに引っ越して、姉の旦那はわざわざパリに戻って両親の引っ越しをしてしまった。五五年以上のパリ生活は、私の両親にとっては人生そのものだった。

アメリカで生活していた父の兄サミュエルは一九九四年に八〇歳で亡くなった。父の姉アンナは二〇〇一年の夏に九〇歳になったところパリで亡くなった。私の両親の友人たちは、他にもたくさんパリで亡くなった。

父は相変わらず口にはしないけれども、私が家族から離れて生きていることを許してくれてはいない。私は去年の二月にレイの奥さんのチエさんと一歳四ヵ月の孫の龍音（リオン＝フランス語でライオン）君とイスラエルに行った。ある日、私とリオン君しかいないときに、父は曾孫のリオン君にイディッシュ語で、「君はユダヤ人なんだよ」と三回も口にした。

実は私がイスラエルに行く直前に、姉たちは父に対して私の前では曾孫の割礼の話を一切しないように、と約束させていたのだった。姉たちは、私も子どもたちも無神論者だということを知っていたからだ。割礼は、私にとっては何の意味もない。無神論者である姉はそれでも割礼にこだわってるようだった。彼女にとって割礼はユダヤ人のコミュニティの一員の証しと思っているからだろう。でも私は姉に割礼はそんなに重要だったらこの世に割礼している何百万人の人、「イスラム世界の男性たち」と先ず仲良くしなさいと言ったら彼女は黙った。

私は、三つ子のシューラがユダヤ教の神を信じていると以前言ったことがあるのも覚えていた。シューラの家から遠くない所に大きなスーパーマーケットがあって、その中にレストランがある。スーパーマーケットの名前は忘れたが、働いているのはほとんどがロシア人。ロシア語で話していた。ひさしぶりのイスラエル訪問で、今ではレストランに豚の料理があると知って驚いた。そこで一緒に食事をしたら、なんとシューラは豚肉料理を注文して美味そうに食べたのだった。私はもともと肉はあまり食べないし、その肉料理は美味しそうに見えなかったから別の料理を注文した。シューラは、この店に入ったことは両親に内緒にしてね、と言う。両親がパリで暮らしている間にもシューラとは何度も会っていた。彼女はレストランでコシェールにこだわることはなかったけれども、貝類や豚肉を食べることは絶対になかった。だからイスラエルで彼女が豚肉の料理を美味しそうに食べる姿には本当に驚いてしまった。

そのシューラは、念願だった離婚をやっと実現して、二年前から、好きな人とようやく一緒に暮らし始めていた。一七歳半で結婚した彼女は次々と四人の子供をもうけた。社会や世界のことを気にかけるような時間はなかっただろう。

彼女が今暮らしている彼氏が以前言っていたことを私は思い出した。シューラと彼女の彼氏と私と三人で神を信じるか信じないかという話をしていたとき、シューラの彼氏は、今やロケットや人工衛星を遠くの星にまで飛ばす時代になったのに、その遠い空の向こうで誰も神様に出くわしたことがないじゃないか、と話していた。この人は面白い発想をする人だね、と思わず笑ってしまった。

でも神を信じるシューラは、神の存在をからかったらだめだよと言った。豚を食べてる間彼女に神のことはどう思うかと問いかけようとしたがあまりにもばかばかしいから止めた。彼女の答えはどうであれ、信じると言っていたのに、ほんとうは大した信念を持ってないということなのだ。

シューラの彼氏の名字はコーヘン。イスラエルではユダヤ人同士の結婚しか許されない。だから、ユダヤ教に従うならばコーヘンという名字をもつ人は離婚した女性と結婚は出来ない（Lev. 21:6-7）。そうなると同棲するしかないけれども、シューラは再婚しなくてもいいと言っている。このときの旅ではロシア語が随分たくさん耳に入ってきてびっくりした。本来シオニストたちのスローガンに従うならばこの国ではヘブライ語だけが話されるはずだったのだけれど、今やその理念は全く無力なものになった。

二

この本が最初に出版されてから二五年が経った。一九八二年一二月に、この本はできあがったのだ。その年の八月にイスラエルがレバノンに侵攻、そのときのイスラエル国防相がアリエル・シャロンだった。

パレスチナ人たちの難民キャンプを守っていたPLO（パレスチナ解放機構）のアラファト議長や各組織の人たちは、レバノンからの撤退を余儀なくされてシリアやチュニジア、アルジェリアに渡り、替わりに多国籍軍がパレスチナ・キャンプに残っていた女性や子ども、お年寄りの安全を守る――はずだった。ところがパレスチナ人の武装部隊が退去した後に、レバノンの首都ベイルート近郊にある二つの難民キャンプ、サブラとシャティーラで、レバノン右派キリスト教民兵組織による大虐殺が行なわれた。イスラエル軍が包囲下での殺戮だった。

皮肉なことにこの本を再々出版したいと考えはじめていた二〇〇六年七月、イスラエル軍は二四年ぶりにレバノンへの大規模侵攻を行なった。めちゃめちゃに破壊されたベイルートの街の映像は、一九八二年のベイルートと見分けがつかないと思うほどだった。

一九六七年の第三次中東戦争から今年で四〇年になる。私がイスラエルにいた一九六八年〜七〇年当時、国内での占領反対の運動は、パレスチナ人たちの家の破壊に反対したり、当時はまだごく少数だった徴兵拒否の若者たちを支援をしたり、あるいはユダヤ人とは一体誰なのかという切り口

右――1982年、イスラエル軍はレバノンに侵攻した。イスラエル軍の包囲下でレバノン右派キリスト教民兵組織は、シャブラとシャティーラのパレスチナ人難民キャンプで虐殺を行なった。
上――2006年7月、イスラエル軍は24年ぶりにレバノンへの大規模な侵攻を行なった。8月、イスラエル軍の空爆で破壊されたレバノン南部のビントジュベイル村で抗議の声をあげる男（いずれも、広河隆一＝撮影）。

からシオニズムの矛盾を訴えようとするデモだったりした。そして今、イスラエルの状況は何も変わっていない。

おそらくイスラエルは、パレスチナ人がおとなしく出て行って、自分たちが傷つくことなく土地を手に入れることができると考えていたのだろう。世界に向けては、自分は何も悪いことをしていないのだという顔をしたいと望んでいたに違いない。パレスチナ人たちがここまで、イスラエルによる地獄のような占領に耐えつづけるとは夢にも思わなかったのではないか。パレスチナ人たちは苦難の中で闘いつづけ、その抵抗の闘いは長い歴史になった。私が日本に来てから三六年になったけれども、パレスチナ人の状況は良くなったと聞いたことは、一度もない。

一九八九年にベルリンの壁は壊されたが、二一世紀になってイスラエルはパレスチナ人たちを分離して囲い込むための壁を作り始めた。ヨーロッパではユダヤ人たちがゲットーの壁の内側に閉じこめられるという歴史があったが、皮肉にも今イスラエルは、パレスチナ人たちを壁で包囲することで逆に自分たちを(反対側の)壁の内側に自らを閉じこめようとしているのではないのか。パレスチナ人たちに、そして周りの国々に対して憎しみだけを生み出して、自らを危うくしているだけなのではないのか。

私はいつも自分の家族の行く末についての不安がある。いつの日にか、もしも私の家族がイスラエルから逃げ出さなければならなくなったら、私は何としてでも家族を日本で受けいれなければと思っているのだ。

日本で生まれ育つであろう私の孫や曾孫たちは大人になったら世界の問題に目をむけて、彼ら彼女たちのルティお婆ちゃんの両親や祖父母はポーランドのシュテートル、つまり「ポーランドのユダヤ人コミュニティ」の出身だったことをしっかりと記憶にとどめてほしい。私のユダヤ人としてのアイデンティティはこのシュテートルから始まっているのだから。そしてもしもイスラエルに住んでいるルティお婆ちゃんの姉妹と兄の子孫たちが中東の地から逃亡しなければならないことになったら、どうか暖かく受け入れてほしい。そのためにこそ兄や姉たちの名字――ジョスコヴィッツ、ハラン、そしてツォラなど――をしっかりと覚えておいてほしい。

三

日本で生活しているとアイデンティティという問題はすごく考えにくいと思う。一家で生活している外国人が少ないからだ。もちろん私が日本に来た一九七〇年頃と比べると、外国人を目にするのはそんなに珍しいことではなくなった。でも、たいていの外国人は一人で来日して、しばらくすると日本を離れる。そうでない人は日本人と結婚してずっと日本で暮らす。家族ぐるみで生活している外国人はほとんどいない。だから日本人が、自分と違う生き方をする人を日常的に目にすることはない。違う習慣、他の言葉、別の服装で生きている人たちの集団(家族)に接することはめったにない。テレビや映画の世界、あるいは外国旅行に行った時だけ、そうした世界の「多様さ」に出会うことができるというわけだ。

長年その「多様さ」は私にとってすごく欠けているものだった。数年前からインターネットのお陰で、狭い部屋の中でも広い世界につながることができるようになった。それまでは、距離やお金や時間の問題で外国にいる私の家族とゆっくりと会うことはできなかった。でも今は家に戻ると先ずパソコンをつけてインターネット経由でいろんなニュースや討論番組を観るためにフランスへ「行く」。いくら観ていても時間が足りないほどだ。ル・モンド紙とかリベラシオン紙のホームページを読むのも毎日のこと。日本のテレビや新聞だと世界中で起こっていることはほとんど分からない。たまにニュースとして記事になっても表面的にしか書かれていない。問題の本質がちゃんと説明されるということがあまりにも少ない。それに、この国では議論をする習慣がないから人が世界のニュースについて話せない。ヨーロッパから地理的に遠い日本では政治状況もヨーロッパと違うからなのか、ユダヤ人問題やイスラエルとパレスチナをめぐる問題が社会の中に出てくることはほとんどない。

私は家族に会いたい時にはウェブカムをつけて「テレビ電話」する。昔だったら直接家族に会うまでは彼らがどう変わったか分からないから、会う前にはどきどきして楽しかった。でも今は直接会うたびに、私の部屋のパソコンの画面で見た皆とあまり変わらない家族の姿を目にすることになる。

ところで、最近ヨーロッパやアメリカでは民族や宗教、国家に関連するさまざまな問題が大きくなっている。フランスにはイスラエルを無条件に支持するユダヤ人（いわゆる「知識人」と言われる人たちも含む）がいるし、逆に支持しないユダヤ人たちもいる。もちろんイスラム／アラブ系の人々はパレスチナ人に共感を抱いている。

イスラエルという国家はイスラエルの政策を批判するユダヤ人に圧力をかける一方で、世界に「ユダヤ人の定義」を押し付けている。さらに第二次世界大戦中に起きたユダヤ人虐殺＝ホロコーストを聖書に出てくる「ショアー」という言葉で言い換えることで、人間の歴史の中でこの時代が一番恐ろしい時代だったのだと世界に「納得」させようとしている。（確かに自分の背景にある歴史はしっかりと記憶にとどめる必要はある。それはそれぞれの人の役目であり、決してお互いが受け取った残酷さを比較をするものではない）。

もちろんあの時代は恐ろしかった。忘れることは許されないと思う。そして人間の苦しみはこの第二次世界大戦が最後だったのであれば、人間は成長したのだと言えたかもしれない。しかし残念ながら人間は、第二次大戦の後も何度も何度も残酷なことを繰り返してきている。私が以前観たラテン・アメリカの映画「第一の敵」（ボリビア・ウカマウ集団製作、ホルヘ・サンヒネス監督、一九七四年）のなかでは、包みを抱えながら、泣いて村へ戻ってきた女性を、心配した村人たちが取り囲む。彼女が包みを開けると、村人たちがその中に見たのは彼女の夫の頭だった。地主たちに頭を切り落とされたのだ。この映像はとてもショックだった。人間はどこまで残酷なのだろう。

人間の残酷さを示す事例の一覧表をつくりたいとは思わない。そもそもイスラエルという国家が言うように人間の残酷さを比較することができるのだろうか？　そして、その残酷さの比較の上での一番がホロコースト改めショアーなのだと言うことなどできるのだろうか？　全ては同じ人間による行為でしかない。

せっかくの機会なので、フランスで起きたいわゆる「スカーフ問題」に触れておきたい。フランス政府は一昨年に、スカーフを被って学校に入ろうとしてる女性を学校内に入れないことを決めた。私はこのことが話題になったときにフランス政府がとった政策にがっかりした。フランスは共和国だ。つまり宗教から独立しているはずなのに、スカーフをつけたイスラムの家庭の女の子たちを小、中、高学校に入れることを拒否したのだ。教育が宗教から独立しているからこそ誰もが学校に行ける、というのが私の理解だった。

私が学校に行っていた頃には、入口に監視者がいてあなたの家族は何者なのかと選別するなどということは有り得なかった。学校の生徒たちは皆平等なのだと、フランスは私に教えたはずだった。確かに私の時代にはスカーフを被った女の子はいなかったけれども、フランス的でない名前の生徒は私だけではなかった。そして私たちは皆同じ教育を受けた。木曜日が休みだったから、その日には教会などでのプライベートな「教育」が行なわれていたのだった。

スカーフを被っていようがいまいが、子どもたちは学校の中で自由に学ぶことで親の言葉だけが教育ではないのだと知る、そうしたきっかけを得ることができたはずだ。スカーフの問題でフランスはいつのまにこんな狭い考え方を持つようになってしまったのだろう。そして将来、この女の子たちは大人になってもフランスで生きていくだろう。スカーフを強制的に禁止した政策が今後に新たな問題をつくり出してしまうのではないか。

最近、「私のなかのユダヤ人」の意味が明確になってきたような気がする。私の中で「ユダヤ人」

という言葉がどういう位置にあるのかが分かってきたと思う。

イスラエルという国家は、誰がユダヤ人で、誰がユダヤ人でないかの定義を自らの都合で決めている。イスラエルという国家を批判するすべての人に対して、あらゆる手段を使って押しつぶそうとする。日本にいるとユダヤ人問題というのは、なかなか感じにくい。でもヨーロッパではイスラエルを批判するユダヤ人は、親イスラエルのユダヤ人から必ず圧力を受けるし、酷い嫌がらせすら受ける。イスラエルを批判するユダヤ人に対する一番の侮蔑的な言葉は「あなたは反ユダヤ主義者だ」というものだ。

日本に住んでいる私に対しても、いろいろな嫌がらせがある。何とばかばかしいことか。ユダヤ人かどうかを決めるのはイスラエル国家ではない。その一人ひとりが自分で決めるのだ。私のなかの「ユダヤ人」が私に言う。私はユダヤ人なのだ、と。

四

二〇〇四年、大学が春休みに入った二月に私の二人の姉たちが初めて日本にやって来た。私には夢のような出来事だった。私は今までずっと兄弟や両親とは遠く離れて日常生活を送ってきた。でもようやく私は「姉たち」の存在をこの日本で自慢できる。

彼女たちは、ようやく重い腰を上げて私の暮らしぶりを見に行こうと決めたのだった。なぜ私がヨーロッパから遠く離れた場所でこんなにも長く生活しているのか、そもそもどんな暮らしをしているのか、魅かれるものがあるのかと、彼女たちには疑問だらけだっただろう。

私はというと、彼女たちが来るための準備にいそしんだ。古びた布団を新調したいと思っていたからタイミング良く新しい掛け布団と敷布団を買い込んで、さらにはタンスも子どもたちが小さい頃からずぅっと使ってきたものを、かなりためらった末に処分した。

私のアパートには二つの部屋しかない。私には丁度いい大きさだけど、人を泊めるほどのスペースはない。私は一緒に暮らしている彼と二人で一部屋をプライベートに使い、もう一つの部屋はフランス語の個人レッスンのために小さなテーブルと二つイスだけ置いてある。片方の部屋を姉たちに利用してもらう。四畳半だから大柄な二人の姉はとても狭いと感じるだろうけれど、とにかくその部屋で三週間過ごしてもらうしかない。部屋に布団を広げたら、歩き回れるようなスペースはない。ギリギリ寝る直前にしか布団を広げることはできない。なにしろ彼女たちの体重は私より二〇キロ以上もある！　二人とも日本で痩せることを期待しているようだった。

普段ベッドで寝ている彼女たちは畳の上で寝るのはつらいみたいだった。布団は充分広かったけれど、ベッドと違って布団というのは入るためと出るためには、いちいち立ち上がったりしゃがむ必要がある。それが一苦労だったようだ。

私はイスラエルの外で二人の姉たちを三週間も独り占めして肌で感じることができた。そのことが何よりも嬉しかった。姉たちと夜行バスに乗って大阪の友達の家に泊めてもらい、奈良と京都の観光もした。あちこちのお寺を訪ねて、お茶の入れ方まで教えてもらった。私が考えていた観光コースを全部回ることはできなくて残念だったのだけれど。

姉たちはいつもお腹が空いていて、どこへ行っても食べることしか考えていなかった。東京では朝の五時に起きて息子夫婦の車で築地に行きマグロの競り市を見た。浅草や銀座、原宿、表参道にも行って結構歩いた。東京の街の中でブランドもののバッグをもった女性があまりにも多くいることに姉たちは驚いていた。パリですら、これほどたくさんの女性がヴィトンのバッグを抱えている姿を見ることはないからだ。

どこに行っても人が多いから、姉たちは私の両腕をしっかりと抱えて、迷子になるのをひどく恐れていた。それに彼女たちは電車で出掛けるときに階段を上がるのが一苦労だった。イスラエルではどこに行くのにも車だから、階段の登り上がりには慣れていない。でも私は車を持っていないから利用するのは常に電車と地下鉄だ。

大学が休みで私も姉たちのリズムに合わせてゆっくり歩けばいいはずだったのに、ついついそんなことを忘れていつもの感覚で歩いていた。先に階段に登った私は、まだ階段の下の方にいる姉たちが苦労して階段を登ってくるかわいい姿を見て何度も思わず微笑んでしまった。

姉たちは好きなトランプを持ってきていて、雨の日には家でトランプ遊びをした。家の近くの駅ビルの百貨店では魚屋に興味をそそられ、その次には電気用品売り場の電動マッサージ椅子に横になって動こうとしなかった。私の娘のタミィの家を訪ねたときには、娘が彼氏と皆のためにマクロビオティックの料理をふるまった。

姉たちと過ごした三週間は、こんなふうにしてあっという間に過ぎた。もちろんイスラエルやパレスチナ、日本の政治だの社会問題などはいっさい口にしなかった。こうしたテーマについての彼女たちの意見を私が何か期待していたわけではない。私たち家族はずっとこうやって付き合ってきた。おそらくお互いに決定的に対立したくないから、それで一定の「ライン」までしか語らない。それを越えたら取り消しのつかないことになることは互いに分かっているのだ。

彼女たちにしてみれば、妹である私が彼女たちの立場に同意することで家族の気持ちが一緒になればどんなに幸せだろうかと、多分ずっと思ってきただろう。一方で姉たちや家族が私の考え方を理解しないまま何十年も過ごしてきたことは、当然のことながら私にとっての最大の悲しみだ。何が問題？ イスラエルという国家が今あるような存在であり続けていること、それこそが私たちの家族をずっと「離れ離れ」にしつづけているのだ。

謝辞

本書は、一九八二年に集英社から初版が出版され、その後一九八九年には三一書房から再刊されたが、その後絶版となった。しかし、私は、現在のイスラエルの対パレスチナ政策それ自体の問題、人間の尊厳や一人ひとりの生き方とアイデンティティの問題を考えたとき、この本に年月の差を――残念ながら――全く感じない。逆に、今もなお意味がある一冊の本だと思わざるを得ない。それで再再刊をしようと決断したのだった。

今回の刊行にあたって文章を全部打ち直して下さった私の古くからの友人である北川ちかこさん、口絵の地図をトレースし直し、また新たに書き下ろしたあとがきの文章を校正してくれた私のパートナーの岡田剛士さんに、心から感謝しています。

そして最後に、この本の出版を引き受けて下さった現代企画室の編集長であり、人間と国家の問題について深く厳しく見詰め続けておられる太田昌国さんにお礼を申し上げます。

二〇〇七年七月七日

ルティ・ジョスコヴィッツ

【著者紹介】ルティ・ジョスコヴィッツ

1949年、イスラエルに生まれる。

1953年、一家で（両親、姉マルヴィナ、三つ子の兄アロンと姉シュウラと一緒に）フランス、パリに移住。

1968年、パリを離れイスラエルへ。

1969年、イスラエルのキブツで一人の日本人、広河隆一に出会って、初めてパレスチナ問題を知る。

1970年3月、彼とともに3カ月間パリに滞在した後、来日。

日本でフランス語を教える傍ら、「ユダヤ人問題」やパレスチナ・イスラエル問題を考え続けている。

発行……二〇〇七年八月一五日　初版第一刷一五〇〇部
定価……一六〇〇円＋税
著者……ルティ・ジョスコヴィッツ
装丁……泉沢儒花
発行人……北川フラム
発行所……現代企画室
住所……150-0031 東京渋谷区桜丘町一五－八－高木ビル二〇四
電話――〇三－三四六一－五〇八二
ファクス――〇三－三四六一－五〇八三
URL：http://www.jca.apc.org/gendai/
郵便振替――〇〇一二〇－一－一一六〇一七
印刷所……中央精版印刷株式会社
ISBN 978-4-7738-0708-0　C0036　Y1600E
©Gendaikikakushitsu Publishers, 2007, Printed in Japan

現代企画室
《世界の民族問題、アイデンティティについて考える》

石の蜂起
インティファーダの子どもたち
シルヴィ・マンスール著　吉田恵子訳　46判/240p
石による蜂起――1987年、パレスチナ被占領地で若者たちが始めたイスラエル兵士に対する抵抗闘争。人間の本源的なたたかいの根拠を心の襞に分け入って伝える。(93.11)　2300円

この胸の嵐
英国ブラック女性アーティストは語る
萩原弘子　46判/224p
「ブラック」の自己意識に拠って、表現活動を繰り広げる英国在住の女性アーティスト5人が「抑圧の文化」の見えざる力と、それに代わる「解放の文化」のイメージと現実を語る。(90.11) 2400円

アマンドラ
ソウェト蜂起の物語
ミリアム・トラーディ著　佐竹純子訳　46判/328p
アパルトヘイト体制下の黒人たちは、何を考えながらどのように生きているのか。悩み、苦しみ、愛し、闘う老若男女の群像をソウェト蜂起を背景に描く。(89.9)　2200円

アイヌ肖像権裁判・全記録
現代企画室編集部編　46判/328p
アイヌ民族の死刑を宣告する書物に自分の写真が無断で掲載されていることを知ったひとりのアイヌ女性が提訴して勝利した裁判の全記録。日本への深い問いかけ。(88.11)　2200円

レラ・チセへの道
こうして東京にアイヌ料理店ができた
レラの会　46判/312p
好きで故郷を離れるアイヌはいない。頼れる人の当てもない東京に、心のよりどころとなる場が欲しい。そんな夢は、今、どのような形をなしているか。(97.5)　2300円

［復刻］甘蔗伐採期の思想
沖縄・崩壊への出発
森秀人著　46判/224p
かつてオキナワは日本ではなかった。そして今でもそうではない……「復帰論」喧しい60年代前半、その議論の中に戦闘的にわけいった沖縄自立論。(90.12)　2200円

双頭の沖縄
アイデンティティ危機
伊高浩昭　46判/372p
安保容認・基地新設・日本同化推進＝禁断の領域に踏み込む沖縄人。反基地・反軍隊・平和主義・自立の原則を守ろうとする沖縄人。苦悩する双頭の現実を描く。(01.4)　2800円

中国東北部における抗日朝鮮・中国民衆史序説
金靜美　A5判/532p
日帝支配下の中国東北部において、朝鮮・中国民衆はいかなる共同闘争を展開したか。細部を厳密に論証しつつ、あくまでも歴史の本流をみきわめようとする気迫。(92.6) 6500円

水平運動史研究
民族差別批判
金靜美　A5判/776p
水平運動の形成過程を広く東アジア史の中に位置づけようとする本書は、民族差別を内包した部落「解放」運動の内実を批判し、戦争協力の実態を明らかにする。(94.1)　9000円

故郷の世界史
解放のインターナショナリズムへ
金靜美　46判/480p
故郷とは何でありどこにあるのか。「いまは実在しない故郷、共同体」を求めて、民族･国家･インターナショナリズムの歴史と現在を論じる。(96.4)　3800円